CB | CULTURBOOKS

AMANDA LEE KOE

MINISTERIUM FÜR ÖFFENTLICHE ERREGUNG. STORYS

AUS DEM ENGLISCHEN
VON ZOË BECK

9789810757573 28 »Ministry of Moral Panic«

Edited by Jason Erik Lundberg

Original English edition published by Epigram Books.
1008 Toa Payoh North #03-08 Singapore 318996
Tel: +65 6292 4456 / Fax: +65 6292 4414
enquiry@epigrambooks.org / www.epigrambooks.sg

These pieces were originally published (in slightly different form) in the following places: »Flamingo Valley«, Bellevue Literary Review, Fall 2013. »Pawn«, Quarterly Literary Review Singapore, Vol. 12, No. 3, July 2013. »The King of Caldecott Hill«, Quarterly Literary Review Singapore, Vol. 12, No. 4, October 2013. »Love Is No Big Truth«, Cha: An Asian Literary Journal, March 2013. »Laundromat«, From the Belly of the Cat, Math Paper Press, October 2013. »Siren«, Eastern Heathens, Ethos Books, March 2013.

Gärtnerstraße 122, 20253 Hamburg
Tel. +49 40 31 10 80 81
info@culturbooks.de
www.culturbooks.de

Die Ausgabe ist entstanden durch eine Förderung durch das

NATIONAL ARTS COUNCIL
SINGAPORE

Das William-Gibson-Zitat wurde verwendet mit Erlaubnis des Autors
und Martha Millard, Sterling Lord Literistic Inc.
Porträts Amanda Lee Koe: © Kirsten Tan
Übersetzung: Zoë Beck
Redaktion: Jan Karsten
Herstellung: Klaus Schöffner
Satz & Korrektur: Dörte Karsten
Gestaltung & Cover: Magdalena Gadaj
Druck und Bindung: Friedrich Pustet, Regensburg
Printed in Germany
Erste Auflage 2016
ISBN 978-3-95988-018-3

FÜR BUD –

DER ÜBRIG BLEIBT

War es Laurie Anderson, die gesagt hat, dass VR niemals echt aussehen würde, bevor es nicht gelänge, ein bisschen Schmutz hineinzumischen? Singapurs Flughafen, der Changi Airtropolis, schien kaum mehr Auflösung zu besitzen als eine dieser VPL-Welten. Es gab absolut keinen Schmutz; keine Unordnung, nichts wirkte pelzig oder gebrochen. Die Natur draußen vor dem Flughafen, saftig wie überall in den Tropen, hatte man zu sattgrünen, überperfekten Beispielen ihrer selbst domestiziert. Nur die Wolken zerstieben in Chaos; als bizarre, säulenartige Strukturen thronten sie über der Straße von Malakka.

Der Taxifahrer warnte mich davor, Müll fallen zu lassen. Er fragte mich, woher ich komme.

Er wollte wissen, ob es dort sauber sei. »Singapur sehr saubere Stadt.« Ein hoher Summton wie von einer dieser nervigen japanischen Klingeln setzte ein, als er die erlaubte Höchstgeschwindigkeit überschritt, einfach nur um uns daran zu erinnern, dass er es tat. Auf beiden Seiten der Autobahn schienen Golfplätze zu sein.

»Sind Sie hier zum Golfspielen?«

»Nein.«

»Geschäftlich?«

»Zum Vergnügen.«

Er verzog den Mund. Daran hatte er so seine Zweifel.

—William Gibson,
»Disneyland with the Death Penalty«, Wired, 1993

INHALTSVERZEICHNIS

FLAMINGO VALLEY | 11
KARUSSELL & KASTELL | 33
FAUSTPFAND | 45
DER KÖNIG VON CALDECOTT HILL | 59
JEDER PARK AUF DIESER INSEL | 74
ZWEI MÖGLICHKEITEN, WIE MAN ES MACHEN KANN | 95
LIEBE IST KEINE GROSSE WAHRHEIT | 107
ZWEI MÖGLICHKEITEN, WIE MAN ES MACHEN KANN | 118
ALICE, DU MUSST DER MITTELPUNKT DEINES
EIGENEN UNIVERSUMS SEIN | 126
VIERZEHN EINTRÄGE AUS DEM TAGEBUCH DER
MARIA HERTOGH | 144
KÜKEN | 164
X WASCHSALON | 177
SIRENE | 187
DIE BALLADE VON ARLENE & NELLY | 206

FLAMINGO VALLEY

Ling Ko Mui, der heiße Feger von Flamingo Valley, sagt der alte malaiische Mann. Oh ho, du hast es immer noch drauf, was, Baby?

All die alten chinesischen Männer und Frauen heben ihre gelben faltigen Gesichter, wie Meeresschildkröten, und Deddy Haikel macht eine überschwängliche Geste, die wie *shazam* aussieht. Ling Ko Mui richtet ihren Blick zögerlich in seine Richtung.

Ja, du!, sagt Deddy Haikel, ich spreche von dir, Mädchen, aber ihre trüben Augen kleben schon wieder am Fernseher, in dem eine Reisesendung auf Mandarin läuft.

Wolltest du nicht, dass ich dich auf meinem Motorrad mitnehme?

Bist du nicht gekommen, um meinen Auftritt im National Theatre zu sehen?

Hat mich dein chinesischer Freund nicht in der Bencoolen Street zusammengeschlagen?

Ich bin's, *Deddy Haikel*!

Er nimmt seine Gitarre, die nie allzu weit weg ist, und schlägt die ersten Akkorde von »Barbara Shimmies on Bugis Street« an. Seine Stimme ist nicht mehr wie früher, nicht seit der Halsoperation, aber sie dringt in Ling Ko Mui ein, und sie schaut zu ihm hoch, ihr schielender Blick trifft fast auf seinen.

Die Frau ist *nyanyuk*, krächzt einer der alten Chinesen in Deddy Haikels Richtung und malt mit einem Finger kleine Kreise in die Luft neben seiner Schläfe. Erinnert sich an nichts. Erkennt nicht mal ihre Tochter.

Deddy Haikel lässt das Riff auslaufen, legt ein Bein auf einen Stuhl und sagt: Hey, diese Station ist doch die *nyanyuk*-Station, oder nicht? Glaub mal nicht, dass du so schlau bist. Du bist auch schon weich in der Birne. Er dreht sich zu Ling Ko Mui, aber sie hat den Blick abgewandt, genau wie damals, als sie achtzehn war und er sie zum Tanzen ausführen wollte.

Es gibt Dinge, die sich durch die Nebelschwaden der Erinnerung kämpfen, es gibt Dinge, die man mit sich herumträgt, die unwichtig sind, die einen herunterziehen, aber man wird sie nicht los, und es gibt nur eine Möglichkeit, sie über Bord zu werfen, nämlich selbst über die Planke zu gehen.

...

Er hatte sein Set in dem kleinen Pub gespielt, Coverversionen der Rolling Stones und der Beatles, auf einer Gitarre, für die er anderthalb Jahre lang gespart hatte, indem er an den Wochenenden Zeitungen ausgetragen hatte. Er hatte die Schule geschwänzt, um Cliff Richards & the Shadows 1961 im Happy-World-Stadion zu sehen, und gab es denn etwas Besseres?

Er war von der kleinen, erhöhten Bühne gekommen und bahnte sich seinen Weg an die Bar. Das Pub, bei britischen Soldaten sehr beliebt, war nicht weit von der Kaserne entfernt. Inmitten der khakifarbenen Uniformen saß ein junges chinesisches Mädchen in einem weißen Tellerrock aufrecht auf einem Barhocker. Er fragte sich, ob sie in Begleitung war – man sah Mädchen nur selten abends allein, schon gar nicht in Bars. Als er bei ihr ankam, drehte sie sich um.

Du bist richtig gut, sagte sie.

Danke. Kommst du oft hierher?

Meinem Vater gehört das Pub. Wir wohnen direkt darüber.

Das ist bestimmt ganz schön laut.

Ja, aber ich liebe Musik. Das Einzige, was ich nicht verstehe, ist, warum es immer nur Eurasier sind und ihr Malaien. Es kommen nie chinesische Musiker her.

Er lachte. Ihr Chinesen seid zu sehr damit beschäftigt, Geschäfte zu machen. Echtes Geld.

Das ist traurig.

Nee, so ist der Lauf der Welt – so kann mir dein Vater fünf Dollar für das Set geben, das ich heute gespielt hab.

Hör mal, ich bin am Verhungern – gehst du mit mir essen? Ich hab gesehen, dass du ein Motorrad hast. Ich bin noch nie mit einem gefahren.

Klar. Was möchtest du denn essen?

Lass dir was einfallen. Hauptsache, wir nehmen das Motorrad.

...

Sie saßen an einem wackeligen Aluminiumtisch vor einem *kedai makan*, zwischen ihnen standen Teller mit *nasi kandar* und *sup kambing*. Ling Ko Mui nahm Gabel und Löffel. Deddy Haikel dachte kurz über das Besteck nach, griff dann mit der rechten Hand nach dem Essen, wie er es üblicherweise tat.

Gibt es da eine bestimmte Technik?

Für was?

Um mit den Händen zu essen?

Er zeigte ihr, wie man den Reis zu einem losen Ball formte, der mit der Zeit immer fester wurde. Sie machte es ihm mit ihren Händen nach.

Nur mit der rechten Hand.

Warum?

Na ja ... die linke ist unsauber.

Ich kann sie ja waschen.

Nein, so meine ich das nicht. Die rechte Hand ist zum Essen da, die linke Hand – mit der linken Hand wischt man sich den Hintern ab.

Ah, verstehe.

Magst du den Reis?

Der schmeckt wunderbar. Aber warum ist malaiisches Chili süß?

Damit die Musiker bessere Liebeslieder schreiben.

...

Jeden Freitagabend spielte er sein Set von acht bis neun in dem Pub, das Ling Ko Muis Vater gehörte, und wenn ihr Vater am Tresen beschäftigt war, schlichen sie sich auf seinem Motorrad zum Abendessen fort – malaiisches Essen in der einen Woche, chinesisches Essen in der nächsten. Ihr Vater war durchaus herzlich zu Deddy Haikel, dem Musiker, aber Deddy Haikel, den Verehrer hätte er zur Hintertür hinausgeworfen wie die Sprossenenden und Hühnchenknochen, die vom Essen übrig blieben. Nach dem Essen sprachen sie bei *teh halia* oder warmen Horlicks über Musik. Sie sagte ihm, er solle sich eine Begleitband suchen, seine eigenen Songs schreiben, sie könne ihm mit den Texten helfen.

Einmal kam er eine Stunde früher ins Pub. Ihre Eltern waren im Tempel der Gnadengöttin, ihre jüngeren Geschwister spielten auf der Straße Fangen. Leichtfüßig sprangen sie die Treppe hinauf, und sie zog die Vorhänge zu, bevor sie den Plattenspieler ihres Vaters unter einem chinesischen

Seidendeckchen hervorholte. Sie kauerten sich eng nebeneinander, und er sah zu, wie ihre schlanken Finger eine importierte Platte von Petula Clark auflegten und die Lautstärke herunterdrehten. Als »Ya Ya Twist« anfing, sprang Deddy Haikel auf die Füße und streckte die Hand aus. Ling Ko Mui zögerte, nahm sie dann; sie tanzten im zunehmenden Zwielicht, über ihnen surrte langsam der Deckenventilator.

Sie fing an, leise zu der Musik zu singen, während er sie eng an sich geschmiegt hielt, dann noch enger. Er liebte ihre süße, nasale Stimme, und er schloss die Augen, ließ seine Gedanken schweifen – vielleicht könnte sie Backgroundsängerin in seiner Band sein? Hätten sie eine malaiische Hochzeit oder eine chinesische? Könnte er den Koran für sie aufgeben? Würde sie ihre Eltern für ihn aufgeben, so wie er bereit war, seine für sie aufzugeben? Er wollte etwas sagen, aber die Platte war zu Ende, unter der Nadel lief sie leer. Ling Ko Mui löste sich sanft von ihm, kniete sich auf den Boden und drehte die Platte um.

...

Es gab mal ein chinesisches Mädchen, in das ich *gila* verliebt war, sagt Deddy Haikel zu der jungen Krankenschwester, die seine Herztöne abhört, um den Schaden abzuschätzen, der durch seinen zweiten Herzinfarkt entstanden ist. Ich hätte alles getan, um sie flachzulegen, aber darum ging's gar nicht mal.

Da gab's noch diesen chinesischen Typen, der auch in sie verliebt war. Ich wusste nichts von ihm, aber er wusste von mir. Ich ging eines Tages die Bencoolen Street entlang, als mir jemand auf die Schulter tippte. Ich drehte mich um, und er schlug mir direkt ins Gesicht. Er hatte seine Leute geschickt, um mich auszuspionieren: Sie wussten, dass ich freitags im Pub ihres Vaters spielte und dass ich danach mit ihr essen ging. Dass sie ihre Arme um mich legte, wenn sie hinter mir auf dem Motorrad saß.

Er roch nach eingelegtem Tintenfisch und verschrumpelten Datteln; sagte mir, dass er der Sohn eines Trockenwarenhändlers war und dass sie vor Geld nicht mehr geradeaus laufen konnten. Er könne Ling Ko Mui das Leben ermöglichen, das ein Mädchen wie sie verdient hat. Ich ging auf ihn los, aber er hatte seine Lakaien mit den schlechten Zähnen und weißen Unterhemden unter offenen Hemden dabei. Sie brachen mir eine Rippe.

Als ich im Krankenhaus lag, machte ich in Gedanken eine Zirkusnummer daraus. Ich würde in meinen Hals greifen bis ganz nach unten und diese Rippe zwischen Daumen und Zeigefinger hervorholen. Ich würde sie in eine Porzellanrose verwandeln und sie Ling Ko Mui in die weiche Hand drücken. Sie würde es verstehen, ihre Finger um die Rose legen und mir sagen, dass ihr Herz sich für mich entschieden habe.

Du bist ein Niemand, hatte mir der Kaufmannssohn ins Ohr gesagt, als mich seine Männer festhielten. Du bist ein Nichtsnutz, der den ganzen Tag unter den Palmen im Schatten sitzt, abends vor zehn Leuten in einem Pub dumme Lieder spielt. Wenn ich dich hier noch mal sehe, findest du den Kopf eines Schweins vor der Tür deines Vaters. Meine Männer sind überall: Wenn du mit ihr sprichst, hast du am nächsten Morgen einen *parang* in deinen Nieren stecken – glaub nicht, dass ich das nicht durchziehe. Er trat meine Gitarre kaputt und spuckte mir ins Gesicht. Außerdem tust du dir selbst damit einen Gefallen, ehrlich – hast du auch nur eine Sekunde geglaubt, dass sie wirklich mit einem malaiischen Jungen zusammen sein würde?

Da wusste ich, dass ich es schaffen musste.

Meine Gitarre war mein Leben. Ich stahl Geld aus einer chinesischen Apotheke und kaufte mir eine neue, übte tagein, tagaus. Ich sah nicht mehr nach anderen Mädchen. Ich sah nicht mehr in den Spiegel. Mir wuchs Hornhaut über Hornhaut an den Fingern. Ich schlief mit meiner Gitarre.

Es dauerte einige Jahre, und ich werde nicht behaupten, dass es leicht war, aber ich schaffte es. Ich wurde berühmt. Wir wurden von Schulmädchen und jungen Frauen angebetet: malaiischen, chinesischen und indischen. Ich hörte niemals auf, nach ihrem Gesicht in der Menge zu schauen oder es mir vorzustellen, aber tief im Innersten wusste ich, dass er recht gehabt hatte – sie wäre niemals mein geworden.

...

Ein Polizist winkte Deddy Haikels Motorrad heraus. Deddy Haikels Haar hing ihm bis auf die Schultern, ihm waren die abschreckenden Poster gleichgültig, die überall in der Stadt hingen: *Männer mit langen Haaren müssen sich hinten anstellen.* Er trug Motorradstiefel, ein Hemd, bei dem die obersten drei Knöpfe geöffnet waren, und Röhrenjeans. Diese Jeans waren von der Sorte, durch die die Polizei keine Cola-Glasflasche schieben konnte – der Test, durch den bestimmt wurde, ob man zu enge Hosen trug. Wenn die Colaflasche nicht durch das Hosenbein passte, mussten die Hosen ausgezogen werden.

Deddy Haikel kannte alle Texte des weißen Albums, und John Lennon war sein Lieblings-Beatle, weil er gerüchteweise gehört hatte – man stelle sich Liverpool und Singapur als Partnerstädte vor, nicht als kolonialistische Geschäftspartner –, dass John Lennon und Yoko Ono, als sie sich kennengelernt hatten, zu John nach Hause gegangen waren und die ganze Nacht miteinander geschlafen hatten. Als Johns Ehefrau Cynthia, die verreist war, am nächsten Morgen in der Tür stand und Yoko nur mit einem Handtuch bekleidet vor sich sah, sagte John zu Cynthia nur: *Oh, hallo.*

So müssen Rockstars sein, dachte Deddy Haikel, wenn er sich eine Kippe anzündete, wenn er auf seiner Gitarre die Akkorde anriss, wenn er die Hornhaut seiner Finger berührte, wenn er ein malaiisches Mädchen vögelte, wenn die Polizei die Colaflasche nicht durch sein Hosenbein bekam – *Oh, hallo.*

Hosen runter, sagte der chinesische Polizist zu Deddy Haikel auf Malaiisch. Deddy Haikel zuckte die Schultern, grinste den Kerl an. Er wand sich heraus, mit einiger Anstrengung, weil sie wirklich *sehr* eng waren. Er hoffte, sie würden seine Jeans nicht wegwerfen, sondern heimlich ihre dicken chinesischen Waden im Hauptquartier hineinzwängen, sich im Spiegel ansehen, sich wünschen, sie könnten ihre Perspektive auf Mode, Musik, Rebellion wechseln. Dass sie seufzten, während sie ihre Schlagstöcke ins Holster steckten, während sie den letzten Rest ihres *sock-kopi* in sich hineinkippten, um nicht während der Schicht einzunicken.

Deddy Haikel dachte – und es war ein strahlender, anschwellender Gedanke, der sich wie ein langsam wachsender Ständer anfühlte –, als er seine Jeans gütig dem Polizisten reichte: In genau vierundzwanzig Stunden stehe ich auf der Bühne. Ich werde dafür bezahlt, die Mädchen zum Schreien zu bringen. Weißt du eigentlich, wer ich bin? Morgen spiele ich im National Theatre. Ein ausverkauftes Konzert.

…

3420 Plätze im Amphitheater. 3420 besetzte Plätze, und alle kennen die Texte von jedem einzelnen Song, fast muss er weinen.

Die Rückseite seiner Gitarre an seinem Becken, jeder Ton elektrisch verstärkt.

Malaiische Mädchen, chinesische Mädchen, indische Mädchen – in jedem Alter, und dasselbe gilt für die Männer, aber er sieht nur die Mädchen und hört nur die Mädchen, und sie rufen seinen Namen.

Mitten im Set wirft jemand einen Spitztüten-BH auf die Bühne. Als er vom Mikrofon weggeht und sich bückt, um ihn aufzuheben, denkt er John, hey John, ich kapier's.

Deddy Haikel vergisst zu atmen, weil der Song sein Atem ist. Er ist durstig und trinkt jedes sehnsüchtige Gesicht in der Menge. Er sieht nicht auf einen Punkt in der Ferne, wie es ihm sein Manager gesagt hat, er genießt die Details eines jeden Gesichts, und er kann sehen, dass sie ihn alle anfassen wollen.

Zwölf Songs, aber es fühlt sich immer an wie der erste, sogar beim letzten. Es geht ihnen genauso, sie haben sich zusammengetan, um *Zugabe, Zugabe* zu fordern.

Barbara shimmies down Bugis Street
And every sailor's head turns.
Feathers and a dress of midnight blue
Barbara's got an axe to burn.

Er verbeugt sich, seine Bandkollegen verbeugen sich, sie schreien; er verbeugt sich, seine Bandkollegen verbeugen sich, sie schreien. Das Adrenalin steigt an, vor seinen Augen explodieren winzige helle Sterne.

Peace.

...

Sie gingen gerade zum Parkplatz hinter dem National Theatre, das Equipment im Schlepptau, als ein Rolls-Royce vor ihnen hielt. Das hintere Seitenfenster wurde heruntergekurbelt.

Deddy Haikel, du hast es geschafft.

Ling Ko Mui lächelte, strahlte. Lange wassergewellte Locken hatten ihren Schulmädchenbob ersetzt, und ihr Gesicht war dezent geschminkt. Nur fünf Jahre, und jetzt war sie eine Frau.

Das ist mein Mann, Leong Heng.

Es war der Sohn des Trockenwarenhändlers. Auf dem Rücksitz des Rolls-Royce wirkte er vollkommen zivilisiert. Er lächelte Deddy Haikel an, hielt eine Hand hoch, um eine Begrüßung anzudeuten.

Als ich dich auf dem Poster sah, da quiekte ich: »Den kenn ich, der hat im Pub meines Vaters gespielt!« Ich habe Leong Heng dazu gebracht, sofort Karten zu kaufen. Es hat uns ganz wunderbar gefallen – das war ein großartiger Auftritt.

Danke.

Schade, dass du nicht mehr ins Pub gekommen bist. Ich wollte dich zu Hause anrufen, aber mein Vater hat mir deine Nummer nicht gegeben. Ich dachte schon, du hättest das Interesse an der Musik verloren.

Nein, das würde niemals geschehen.

Na ja, dann ist dir wohl unser Pub zu klein geworden.

Daran lag es auch nicht.

Woran denn?

Liebes, das ist aber nicht sehr höflich von dir, oder?, unterbrach Leong Heng und beugte sich vor, um eine Hand auf das Knie seiner Frau zu legen.

Da haben wir's, ich rede dauernd über die Vergangenheit. Das wollte ich nicht, Deddy Haikel. Noch mal herzlichen Glückwunsch.

Danke.

Wir müssen los, sagte Leong Heng. Meine allerherzlichsten Glückwünsche.

Er gab dem Fahrer ein Zeichen, das Fenster wurde wieder hochgekurbelt.

Auf Wiedersehen, sagte Ling Ko Mui.

Auf Wiedersehen, sagte Deddy Haikel, aber der Rolls-Royce war schon losgefahren.

...

An dem Tag im Jahr 1986, als das National Theatre abgerissen wurde – mit seinem spitzen, rautenförmigen Fassadendesign, seinem Amphitheater, seinem halbmondförmigen Springbrunnen –, hatte Deddy Haikel seinen ersten Herzinfarkt.

Zu viel Hammel, sagte seine erste Frau. Zu viel *cendol*, stimmte seine zweite Frau ein. Zu viel *kuih*, fügte seine dritte Frau hinzu. Das war das Problem, wenn man drei Frauen hatte. Der wechselnde Sex war toll, aber die drei Frauen kamen so gut miteinander aus, dass sie sich regelmäßig gegen ihn verbündeten.

Manchmal fragte er sich, wie sie so eng befreundet sein konnten – weckte er denn nicht das mürrische Biest der Eifersucht in ihnen? Er versuchte, bei seinen Orgasmen lauter zu stöhnen und zu schreien, damit die anderen beiden Frauen, die in dieser Nacht nicht im Hauptschlafzimmer schliefen, ihn hörten. Er hoffte, sie damit nachts wach zu halten, und dass sie versuchen würden, die jeweils anderen auszustechen.

Aber das taten sie nie. Sie kämmten sich weiter einander die Haare, kauften sich gegenseitig bunte Kunstseidensachen, wenn sie im Angebot waren, wechselten sich mit dem

Backen von *sugee*-Keksen für den Nachwuchs ab wie Schwestern.

...

Ehefrau Nummer eins füllt an der Rezeption von Flamingo Valley das Formular für den Besucherausweis aus. Sie ist die Dicke, sie watschelt, statt zu gehen, sie hat einen ausladenden Hintern. Sie küsst seine Hände, und sie sprechen auf Malaiisch.

Wie geht es dir, der Doktor sagt, du kannst bald nach Hause? Noch zwei Wochen?

Sayang, ich muss mich noch von dem Bypass erholen, schau mich an. Er greift sich ans Herz und verzieht das Gesicht. Ehefrau Nummer eins runzelt vergnügt die Stirn.

Fünfhundert Dollar jede Woche trotz Beihilfe, weißt du.

Aber dafür habe ich doch sieben Kinder und drei Frauen!

Er sagt es frech, mit einem spitzbübischen Grinsen.

Ehefrau Nummer eins sieht ihn verzweifelt an, aber es ist eine liebevolle Verzweiflung.

Wir müssen für unsere Rente sparen – du willst den Kindern doch nicht auf der Tasche liegen, oder?

Ja, schon gut. Ich mach hier schließlich keinen Urlaub, weißt du? Die stecken drei Mal am Tag diese ganzen Nadeln in mich rein, und das Essen ist furchtbar. Ich vermisse Khairahs *rendang*.

Ich sage ihr, dass sie es kochen soll, wenn du zurückkommst. Ich hole dann das Rind dafür vom Markt.

Der Doktor sagt, keine Kokosmilch mehr und weniger rotes Fleisch! Das verstopft das Herz.

Was dann?

Magermilch. Fisch.

Armer Deddy. Alle deine Lieblingsgerichte fliegen gerade zum Fenster raus.

Sie sitzt nah genug bei ihm, er streckt die Hand aus und kneift ihr sanft in den Hintern. Sie schlägt ihm die Hand aufgebracht und überrascht weg, dreht sich um, ob es irgendjemand gesehen hat, lacht aber.

Deddy, Deddy. Sie streichelt seinen Arm.

...

Deddy Haikel sitzt an Ling Ko Muis Bett. Er teilt sich ein Zimmer mit fünf anderen, aber sie hat ein Einzelzimmer.

Ling Ko Mui, glaubst du an Magie?

Ling Ko Mui sieht Deddy Haikel an, schüttelt den Kopf.

Was ist dann mit Schicksal?

Sie nickt, ganz langsam. Es ist schon eine Weile her, dass man ihr solche Fragen gestellt hat, seit langer Zeit heißt es immer nur: Wie geht es Ihnen heute, haben Sie Ihre Medizin schon genommen, müssen wir die Windeln wechseln?

Sie will etwas sagen, aber Sprache entzieht sich ihr schon seit langer Zeit. Sie formt die Worte mit ihren Lippen. *Fhhhh*. Nichts kommt heraus.

Deddy Haikel sieht sie scharf an.

Schicksal ist, wenn du von woanders herkommst als jemand anderes, aber du siehst diese Person immer wieder. Kann man das so zusammenfassen?

Er kratzt sich am Kopf.

Also wie in deinen chinesischen Sagen, wo der Sterbliche eine Minute im Himmel verbringt und zurück auf die Erde kommt, um festzustellen, dass dreißig Jahre vergangen sind?

Ling Ko Mui gestikuliert, sie spricht schon fast.

Eine Frau betritt das Krankenzimmer, sie hat ein unwilliges Kind dabei, dass sich selbst an den Fingern zieht. Wer ist denn da?, will sie wissen.

Wer sind Sie?, entgegnet Deddy Haikel. Die Frau reagiert beleidigt. Das ist meine Mutter, sagt die Frau und legt eine Hand auf die Seite von Ling Ko Muis Bett.

Entschuldigen Sie, sagt Deddy Haikel und steht auf, glättet sein Krankenhemd und streckt die Hand aus. Ich bin ein alter Freund Ihrer Mutter.

Wirklich, sagt die Frau skeptisch. Sie nimmt seine Hand nicht. Ma, sagt sie zu Ling Ko Mui, die kein Interesse an ihr oder dem Kind zeigt. Ruf Ah Ma, sagt die Frau zu dem Kind. Ah Ma, echot das Kind. Eine Krankenschwester kommt, und die Frau plaudert mit ihr, aber in Langzeitpflegeeinrichtungen sind Gespräche selten bedeutsam, Prognosen beziehen sich auf kurze Intervalle, die einzige Richtung, in die es meistens geht, ist ein langsames Zugleiten auf den sicheren Tod.

Die Schwester geht, und die Frau betrachtet Deddy Haikel wieder misstrauisch.

Früher hab ich im Pub Ihres Großvaters gespielt, sagt er.

Die Züge der Frau werden weicher, sie sieht ihn jetzt an. Meine Mutter sprach so gern über diesen Ort, sagt sie. Schade, dass ich ihn mir nie selbst ansehen konnte – das Pub wurde abgerissen, bevor ich auf die Welt kam. Sie hält inne. Tut mir leid wegen eben, sagt sie. Es ist nur – diese ganzen alten Leute auf diesem Gang scheinen sie nicht mehr alle auf der Reihe zu haben.

Kein Problem. Deddy Haikel wehrt ihre Entschuldigung ab. Ich bin in der Kurzzeitpflege. Ich erhole mich von einem Bypass. Ich hab sie noch auf der Reihe, vorerst jedenfalls.

Sie lächelt ihn an.

Wo ist Ihr Vater?, fragt Deddy Haikel unvermittelt.

Er ist vor ein paar Jahren nach einem Schlaganfall gestorben, sagt die Frau.

Das tut mir leid.

Es ist nur so schwer, das Ganze noch mal durchmachen zu müssen, sagt die Frau und schließt kurz die Augen. Ich bin aber froh, dass er nicht mehr da ist, um sich das ansehen zu müssen. Wenn Sie die beiden gekannt haben, dann wissen Sie auch, wie sehr er an ihr hing.

Deddy Haikel zwingt sich zu einem Lächeln. Die Frau lächelt zurück.

Was haben Sie damals gespielt?

Es waren die Sechziger, *sayang*. Alle spielten Rock'n'Roll. Mit einem Schuss Pop Yé-yé.

...

Es tut ihm weh, als er später am Abend daran denkt, an das Leben, das Ling Ko Mui mit dem Sohn des Trockenwarenhändlers geführt hat. Fünf Jahrzehnte. Er wirft sich unruhig im Bett hin und her, träumt von einem achtzehnjährigen Mädchen in einem weißen Rock, das *nasi kandar* mit beiden Händen isst.

Deddy Haikel schleicht sich vor dem Morgengrauen in Ling Ko Muis Einzelzimmer. Als sie eine gute Stunde später die Augen öffnet, sitzt er da. Sie erschreckt, aber sie hatte schon immer ein starkes Herz.

Ling Ko Mui, weißt du noch, wie ich mit dir *goreng pisang* essen war? Du hast es geliebt. Weißt du noch, wie wir *nasi kandar* gegessen haben? Du hast mich gefragt, warum malaiisches Chili süß ist.

Sie weicht in schläfriger Benommenheit vor ihm zurück, aber sie schmeckt frittierte Bananen, *kampung*-Hühnchen und gelben Reis auf der Zunge.

Weißt du noch, wie du mit mir frittierte Teigröllchen und Sojamilch essen wolltest, und ich so: Warum zur Hölle tunkt ihr etwas Frittiertes in Sojamilch, dann ist es doch gar nicht mehr knusprig? Du hast mich ausgelacht. Weißt du noch? Oder als ich dir gesagt habe, ich müsste zehn Mal am Tag beten, weil ich mit dir Sachen esse, die nicht *halal* sind? Wie du gesagt hast, als ich dich später küssen wollte: »Aber ich bin auch nicht *halal*«, und dann hast du die Augen geschlossen und mich trotzdem geküsst?

Ling Ko Mui sieht auf Deddy Haikels Hand. Sie macht den Mund auf. Die Wörter kommen nicht heraus, aber sie nickt, diesmal voller Zuversicht. Sie lächelt. Sie greift nach seiner Hand. Bevor er sie ihr gibt, zieht er die pfirsichfarbenen Vorhänge auseinander und macht die Fenster auf. Er setzt sich an ihr Bett, reicht ihr seine Hand. Er stellt keine Fragen mehr, fordert sie nicht mehr sanft zum Sprechen auf, traut sich nicht mehr zu bestimmen, woran sie sich erinnert. Sie bleiben so, bis die Sonne aufgeht. Er hat ein Auge auf der Uhr. Er löst um viertel nach sieben seine Hand aus ihrer, bevor der Frühstückswagen in das Einzelzimmer geschoben wird.

Als er sich zur Tür begibt, hört er das Bettzeug rascheln. Er dreht sich um, und sie will nach ihm greifen, wie es ein Kind tun würde.

Er geht zurück zu ihrem Bett, küsst eine hervorstehende Ader auf der linken Seite ihrer Stirn. Sein defektes Herz dröhnt. Er geht schnell, verpasst gerade so den Frühstückswagen, bevor dieser am anderen Ende des Flurs auf seiner Runde um die Ecke biegt.

...

Sie reagiert nun auf ihren Namen, aber nur, wenn die Ärzte und Schwestern ihn vollständig ausrufen – *Ling Ko Mui!* –

nicht, wenn sie sie Mrs. Tan nennen oder Madam Ling oder Tantchen, die asiatische Annahme, auf diese Weise erwünschte Hochachtung auszudrücken.

Sie braucht ihre Bettpfanne nicht mehr. Man bringt sie jetzt zur Physiotherapie. Abzubauen ist leicht, es strengt nicht an, aber wenn es etwas gibt, wofür man leben möchte – selbst wenn man nicht so genau weiß, was es ist –, kämpft sich der Körper zurück.

Sie rufen ihre Tochter an und informieren sie über diese Fortschritte. Ling Ko Muis Tochter kommt, um sich von den Veränderungen zu überzeugen, wird aber von ihrer Mutter immer noch ignoriert, sie starrt einfach in Anwesenheit ihrer Tochter vor sich hin. Sie fährt nach Hause und denkt: Was für eine Zeitverschwendung. Sie weiß nicht, ob es einen Unterschied zwischen einer lethargischen Demenzpatientin und einer aktiveren Demenzpatientin gibt.

Ling Ko Mui kann immer noch nicht sprechen, aber ihr Mund bemüht sich um Sprache, während sie sich daran erinnert. Sie erkennen die deutlichen Veränderungen bei ihr, die jüngeren Schwestern sind noch nicht so abgestumpft, als dass sie dies durchgehen ließen. Sie versuchen, sie zu ermutigen.

Sie fragen sie: Woran erinnern Sie sich?

Ling Ko Mui erinnert sich an fünf Sterne und einen Mond.

Aber die fünf Sterne sind die spitze Fassade eines Gebäudes, und der Mond ist ein Halbmond, aus dem Wasserstrahlen schießen. Sie zeichnet es für die Schwestern auf, die damit nichts anfangen können.

Sie geht darauf zu, ein futuristisches Ziegel- und Sandsteingebäude, und als sie über die Schwelle schreitet, flaut der halbmondförmige Springbrunnen ab. Sie marschiert an der Kasse vorbei, betritt eine ausladende Halle mit 3420 Plätzen, setzt sich auf ihren. Sie sieht zu dem Kragdach hinauf. Als sie den Blick wieder senkt, sind alle Plätze besetzt. Deddy Haikel und seine Band stehen auf der Bühne, und die Musik ist in ihr.

Deddy Haikel, schreibt sie zittrig auf ein Blatt Papier. Deddy Haikel.

Es ist Mittagszeit, und die Schwestern schieben sie im Rollstuhl zu ihm. Sie sitzt bei ihm im *halal*-Bereich der Cafeteria. Sie sieht in sein Gesicht, berührt manchmal seine Wangen, seine Stirn, als wolle sie ihn salben.

Er lächelt, erst noch mit zusammengepressten Lippen, dann wird es zu einem breiten, faltigen Grinsen. Er schnappt sich seine Gitarre, legt sie aufs Knie.

Und sie singt mit ihm, perfekt im Takt, Wort für Wort den Text.

Barbara shimmies down Bugis Street
And every sailor's head turns.
Feathers and a dress of midnight blue
Barbara's got an axe to burn.

...

Die Krankenschwestern zeigen Deddy Haikel das Blatt Papier, auf das Ling Ko Mui die Diamanten und den Halbmond gezeichnet hat. Sie wollen von ihm wissen, ob er weiß, was es ist. Sie haben es zu kosmischen Hieroglyphen verklärt.

Das ist das National Theatre, sagt Deddy Haikel bestimmt.

Was ist das?

Deddy Haikel schüttelt den Kopf.

Noch so ein totes Nationaldenkmal. Wusstet ihr, dass es die Ein-Dollar-ein-Song-Aktion dafür im Radio gab? Man hat angerufen und einen Dollar gezahlt, und der DJ hat einem einen Song gewidmet, und der Dollar ging in den Gebäudefonds.

Das klingt lustig, sagt eine der Schwestern.

Lustig? Es ging um Stolz. Wir waren eine neue Nation. Jeder kauft für seinen Erstgeborenen die beste Kleidung. Reiche Geschäftsleute arrangierten direkte Zuwendungen, Rikschafahrer riefen beim Radio an, um ihre mit Knochenarbeit verdienten Tageseinnahmen zu spenden und hungerten anschließend. Heutzutage machen die da oben, was sie wollen. Es ist immer noch unser Geld, das sie nehmen, nur erinnern sie uns nicht mehr daran, und man bekommt keinen Ton mehr dafür. Sie wollen nicht, dass es persönlich wird.

Was ist damit geschehen?

Dreiundzwanzig Jahre war es von Wert, dann wurde es abgerissen, um Platz für einen Teil des Central Expressway-U-Bahn-Tunnels zu machen.

Der Tunnel? Ich dachte, der war der Grund für das, was mit der National Library in der Stamford Road passiert ist.

Na ja, es scheint, dass wir immer einen Tunnel zu wenig haben, meinen Sie nicht auch?

...

Ling Ko Mui spricht, pinkelt und scheißt nun ganz bewusst selbstständig, sie stellt den Schwestern und Ärzten mutige kleine Fragen. Ihre plötzliche Genesung ist ein Wunder, darin ist man sich einig. Die Ärzte schütteln die Köpfe über die Mysterien der Neurobiologie.

Sie und Deddy Haikel sitzen im Kräutergarten in der Sonne.

Also, Mädchen, ich muss dich was fragen: Was passiert mit dir, wenn ich weg bin?

Ich werde meinen Eltern sagen, dass ich bei dir bleiben will. Sie können mich nicht davon abhalten.

Er zuckt zusammen. Er will sagen: *Baby, sieh mich an. Sieh dich an.* Aber er bringt es nicht übers Herz. Er hat sein halbes Leben auf diesen Moment gewartet.

Und wenn sie es doch tun?

Dann brennen wir durch.

Was ist mit meinen Bandkollegen?

Die kommen mit. Ich werde eure Agentin.

Sie hat einen schelmischen Ausdruck in den Augen.

Ich möchte dich noch etwas fragen. Was ist mit Leong Heng?

Wer?

Der Sohn des Trockenwarenhändlers.

Wovon redest du?

Tut mir leid, ich – nichts.

Wer ist das?

Schon gut, es ist nur – es gibt so viele Männer da draußen, die besser für dich sorgen könnten. Ich habe nicht viel zu bieten.

Sieh mich an, Deddy Haikel: Du musst dir keine Sorgen machen.

Deddy Haikel wird in vier Tagen entlassen. Jede Nacht träumt er von dem achtzehnjährigen Mädchen, und jeden Morgen wacht er auf, um bei ihr zu sein. Sie essen zusammen, sie reden über Musik, er spielt Lieder für sie. Sie spricht von ihren Eltern, sie spricht davon, mit ihm zusammen zu sein. Sie fragt nie, warum sie von Alten und Kranken umgeben sind und wo sie überhaupt sind.

Nachts denkt Deddy Haikel, dass er gerade dabei ist, ihr das Herz zu brechen, aber was kann er sonst tun? Er hätte nie gedacht, dass ihm das mit siebzig passieren würde. Er stellt sich sein Mädchen vor, wie sie nach seiner Abreise wieder in Stille und Inkontinenz hinabgleitet. Er hat ihr das angetan, es ist geschehen.

Morgen wird er es ihr sagen.

...

Sie will nichts davon wissen. Ihre Verwirrung geht über in wütende Tränen.

Ling Ko Mui, hör mir zu. Sieh mich an – ich bin ein alter Mann. Wir haben unsere Leben längst gelebt.

Sie hat sich die knorrigen Hände auf die Ohren gelegt, sie schluchzt untröstlich wie ein junges Mädchen.

Ich kann nicht bei dir bleiben. Ich habe Kinder, Ehefrauen, eine Familie.

Sie wendet sich ihm zornig zu, Tränen und Hass in den Augen, die Hände noch über den Ohren, und sagt mit leiser Stimme: *Ich werde nie wieder zulassen, dass mir ein malaiischer Junge das Herz bricht.*

Ling Ko Mui, du verstehst es nicht.

Er will, dass sie ihn versteht, legt seine Hände auf ihre nach oben gerichteten Ellenbogen, sagt, ich werde dich besuchen, aber sie stößt ihn weg.

Raus, zischt sie, schaukelt auf dem Krankenbett vor und zurück, *raus*.

...

In Flamingo Valley spricht Ling Ko Muis Tochter verzweifelt mit dem Arzt. Sie versteht nicht, warum ihre Mutter so viele Fähigkeiten wiedererlangt hat, aber nicht die Erinnerung an ihre Familie.

Sie hat versucht, ihrer Mutter – zum x-ten Mal – zu erklären, wer sie ist, aber Ling Ko Mui murmelte nur immer wieder irgendeinen Kauderwelsch. *De-de-hai-ke, de-de-hai-ke.*

Die Schwestern wissen, nach wem Ling Ko Mui fragt, aber sie wissen auch, dass er an diesem Morgen entlassen worden ist, und was würde es bringen, es der Tochter zu erklären?

In einer Wohnung in Tampines ist Deddy Haikel zu Hause. Khairah hat *rendang* gekocht, Azzizah hat *lontong* gemacht, Fathia, die nicht kochen kann, hat *sirap bandung* in einen Krug gefüllt. Magermilch in allen drei Fällen, lassen sie ihn sofort wissen. Die Kinder merken, dass es nicht wie sonst schmeckt, nicht so *lemak*, aber sie sind froh, dass ihr alter Vater wieder da ist.

Deddy Haikels Herz murmelt, setzt manchmal für einige Schläge aus. Er nimmt geistesabwesend seine Gitarre, schlägt die Saiten an und singt. Er stellt sich vor, wie er in seinen Brustkorb greift, die Saiten seines Herzens entwirrt, sie auf die Gitarre spannt, so wie Tennisschläger mit Taranaki-Kuhsaiten bespannt werden. Wie würde das klingen? Er zupft einen Akkord. Er denkt darüber nach, wieder Texte zu schreiben und Melodien. Songs für ein achtzehnjähriges Mädchen.

Das war die Direktive meines Direktors, sagte die Kuratorin, bevor sie es sich in dem Korbstuhl bequem machte und den leicht arroganten und wie ihr schien auch etwas vernebelten Gesichtsausdruck des Künstlers sah. Sie faltete die Hände fest in ihrem Schoß über dem Rock, der ihre Knie umspielte. Sie hatte Varianten und Kombinationen aus fünf Outfits ausprobiert, bevor sie dieses gewählt hatte, eine Entscheidung, die sie schon bereute, während sie ins Taxi stieg. Als der Wagen vorfuhr, sah sie ihr Spiegelbild in der getönten Scheibe und dachte: Ich sehe aus, als wollte ich zu einem Staatsbegräbnis.

Der Künstler hob entwaffnend Hände und Schultern und lächelte. Sein Haar wurde bereits grau, was seiner Erscheinung Glaubwürdigkeit verlieh, dachte sie. Er trug ein zerknittertes graues T-Shirt, und dadurch kam sie sich noch dämlicher vor, während sie den Bauch einzog, der sowieso schon von dem strengen Bleistiftrock eingeschnürt wurde.

Du bist – er fuhr sich mit den Fingern durchs Haar – *Sie sind* so kommerziell geworden. Er lächelte und lehnte sich zurück. Sie saßen vor einem Straßencafé im Raucherbereich, ein neutraler Ort, fast exakt in der Mitte zwischen seinem Studio und dem Museum, für das sie arbeitete.

Sie rührte das Honigtütchen in ihren Kaffee, sah ihn an, entschieden, todernst. Sie sagte: Wir überlassen es den Künstlern, unkonventionell zu sein.

Er lehnte sich unvermittelt vor – Sagen Sie, malen Sie eigentlich noch?

Nein, sagte sie leise, aber wütend. Nie.

Sie nahmen beide ihre Kaffeetassen hoch und tranken einen Schluck. Als sie ihre wieder auf die Untertasse gestellt hatte, schaffte sie es zu sagen: Abgesehen davon – wie Ihr Erfolg unschwer beweist – ist die Malerei tot. Sie holte ein ledergebundenes Notizbuch und einen Stift hervor. Also, wollen wir?

Er legte zustimmend die Fingerspitzen aneinander.

Als Sie *Karussell* entwickelten, die Arbeit, in der die im Querschnitt halbierten Kadaver zweier Pferde an entgegengesetzte Enden einer Metallstange gekettet an einem Drehpunkt hängen und während der gesamten Dauer der Ausstellung über den Boden geschleift werden, woran haben Sie da während des Entstehungsprozesses gedacht?

An Sie.

Entschuldigung?

Ich habe an Sie gedacht.

Warum machen Sie es uns schwerer, als es sein muss?

Sie fühlte sich mit einem Mal sehr, sehr müde. Ihr kantiger Schwung, durch den sie zu ihren Untergebenen bissig, zu ihren Vorgesetzten brüsk gewesen war und wegen dem sie keine der letzten Nächte hatte durchschlafen können, war aufgebraucht. Sie wollte nach Hause. Vielleicht würde sie eine Krankschreibung für den Rest der Woche bekommen. Vielleicht würde sie diese Ausstellung nicht kuratieren können; das wäre eigentlich nur ein weiteres Steinchen an der langen Kette von Dingen, die er ihr kaputt gemacht hatte. Vielleicht sollte sie sich auf die Führungsposition in dem neuen Privatmuseum bewerben, das gegen Jahresende öffnen würde, das, von dem es hieß, es würde von einem Ölscheich finanziert. Es war ohnehin an der Zeit, die Karriere voranzutreiben.

Ich will es Ihnen doch gar nicht schwer machen. Ich spreche mit Ihnen als Mensch, als Künstler, ungehobelt wie die nun mal sind. Ich nenne Ihnen den Grundinstinkt, Sie machen daraus Gold. Es ist Ihr Job, dass meine Arbeit durchdacht klingt. Abgesehen davon, jetzt kommen Sie schon, es ist ja nicht so, als hätte ich während meines gesamten Schaffens an Sie gedacht. *Karussell* war ein sehr frühes Werk.

Sie sah ihn an. Er sah sie an. Sie bestellte noch einen Flat White. Sie öffnete ihre Clutch und holte eine Packung Mentholzigaretten heraus, zündete eine an und atmete aus.

Er sagte: Was ist mit den Nelkenzigaretten?

Die waren mir zu süß.

Er sagte: Okay, okay. Als ich *Karussell* machte, dachte ich an Folgendes: das unvermeidliche, zynische Scheitern von Beziehungen. Wie blutig es ist. Wie ermüdend es ist. Wie beharrlich wir – universell gesprochen – sind. Die Kadaver werden über den Galerieboden geschleift, bis das Fleisch bis auf die Knochen abgerieben ist. Beide verfolgen sich gegenseitig, aber sie werden immer denselben Abstand zueinander haben. Die kreisförmige Ausbreitung von Blut auf dem Boden, der Kadaver als stumpfes, ehrliches Malinstrument. Mit Blut und einem Fleischstummel zu malen, über Blut, das bereits über anderem Blut getrocknet ist. Es hört niemals auf, bis wir ausgeblutet sind. Es ist ein makabres, instinktives Fest von Scheitern und Beharrlichkeit, der gescheiterten Beharrlichkeit oder dem beharrlichen Scheitern der Liebe, wenn man so will, in all ihrer Pracht und Pein.

Sie sah nicht von ihrem Notizbuch auf, während ihr Stift über die Seite flog.

Sie sagte: Die Leute sehen sich *Karussell* an und übergeben sich.

Ja, und das finde ich großartig – ich liebe es, wenn es körperliche Reaktionen auf meine Arbeit gibt. Das finde ich sehr schmeichelhaft. Mir scheint, dass bei meinen größeren Arbeiten immer etwas Dramatisches passiert. Es ist Schmerz, es ist Unbehagen, es ist Übelkeit. Aber ist das nicht wie im echten Leben, wie die Dinge nun mal wirklich enden?

Gefällt es Ihnen, Schmerz zu bereiten? Sie sah kurz auf. Sind Schmerz, Unbehagen und Übelkeit Teil Ihrer Agenda als Künstler?

Er schien gleichzeitig zu lachen und die Stirn zu runzeln. Ich strebe das nicht an, nein. Das steht in meinem Kopf nicht an erster Stelle. Es sind rückständige Abfallprodukte, von denen ich denke, dass sie die physische und emotionale Brutalität meiner Arbeit bestätigen, aber es ist nichts, wonach ich aktiv in meinem Schaffensprozess suche – wie soll ich einem Betrachter Schmerz zufügen? – der Prozess ist sehr viel reiner, indem er, das gebe ich zu, ichbezogen ist.

Sie geben zu, ichbezogen zu sein?

Ich gebe zu, dass mein Schaffensprozess ichbezogen ist. Aber wenn Sie so wollen, ja – ich gebe zu, dass ich ichbezogen bin, wie es jeder gute Künstler sein sollte.

Sprechen wir über Ihr jüngstes Werk *Kastell*, worüber sich jeder gerade aufregt. Sie haben eine schlichte Feldschanze aus Kieselsteinen gebaut, die sie in Iran gesammelt haben, und die Säcke, in die Sie die Steine gefüllt haben, sind Burkas von iranischen Frauen, die Sie getroffen und denen Sie Geld geboten haben.

Sie haben davon sicherlich schon gehört, aber es ist mir viel zu wichtig, deshalb will ich ganz sichergehen – es ist keine urbane Legende –, ich habe ihnen Geld für genau die Burka geboten, die sie gerade am Leib hatten.

Könnten Sie Ihre Motive dahinter erklären?

Ich wollte wissen, wie viel es kostet, jemanden zu überreden, seinen Glauben, seinen Anstand, seine Würde aufzugeben.

Und sie sind nackt nach Hause gegangen?

Nun, sie haben üblicherweise versucht zu rennen. In ihrer Unterwäsche. Wobei, nicht alle trugen Unterwäsche. Ich muss allerdings sagen, dass das Projekt verheerend schwächer ist, als es hätte sein können – weil ich sie aufhielt, sobald sie sich zum Gehen wandten, und ihnen eine neue Burka gab, um sie nicht zu beschämen.

Wieso wird dadurch das Projekt geschwächt? Es macht Sie weniger verabscheuungswürdig. Fast schon ritterlich.

Ganz genau. Ritterlichkeit ist keine Stärke, sondern Rücksichtnahme auf Hemmungen. Deren Scham, meine Brutalität hätten das konzeptionelle Gewebe eines solchen Projekts eindeutig verdichtet. Das ist wie der Fotojournalist, der darauf wartet, dass die Geier das verhungernde sudanesische Kind umzingeln, bevor er den Auslöser drückt und es dann dort liegen lässt.

Nur dass Sie diesmal sowohl der Geier als auch der Fotojournalist waren.

Ja. Aber – sehen Sie mich nicht so an, Sie sind eine Kuratorin, wir stecken zusammen in diesem zeitgenössischen Scheißdreck – es ist ein Sinneswandel, um das Gegenteil eines Sinneswandels zu bewirken. Ich wollte es so weit treiben, wie es logischerweise gehen konnte. Der Moment, in dem sie für mich gegen eine bestimmte Summe Geld – US-Dollar, möchte ich hinzufügen – ihre Burka auszieht, beweist meine Hypothese, und ich kann es nicht ertragen, sie noch weiter zu beschämen.

Warum wollten Sie dieses Projekt durchführen? Sie haben sich während Ihres Schaffensprozesses noch nie für Religion interessiert. Und wie ich hörte, haben Sie die üblichen

Todesdrohungen von islamischen Fundamentalisten erhalten, die davon Wind bekommen haben.

Wollen Sie das wirklich wissen?

Wie meinen Sie das?

Ja oder nein?

Na gut.

Heißt das ja?

Sie verdrehte die Augen. Ja.

Das bleibt bitte vertraulich, aber ich war zu der Zeit in eine iranische Reporterin verliebt. Sie liebte mich auch, aber sie sagte, wir könnten niemals zusammen sein, weil ich kein Muslim bin. Obwohl ich ein strenger Atheist war und bin, liebte ich sie doch wirklich so sehr, dass ich es in Betracht zog, zum Islam zu konvertieren, aber ich dachte wirklich sehr lange und intensiv darüber nach und konnte es nicht tun, weil es bedeutet hätte, dass sie mich nicht genug liebt, um über etwas Kategorisches hinwegzusehen. Wäre ich zum Islam konvertiert, hätte Allah gewonnen, und sie hätte ihn immer mehr geliebt als mich.

Sie sind verrückt.

Ich wollte ein Werk erschaffen, dass sie dazu bringt, ihre Thesen und Überzeugungen zu überdenken. Ich wollte, dass es für sie ein Schlag ins Gesicht ist. Gleichzeitig wollte ich, dass der Schlag charmant und klug und ausgefallen ist, ich wollte, dass sie mich für das Brennen, das ich auf ihrer Wange hinterlasse, liebt. Also fuhr ich durch Iran, spielte den Teufel, der diese Frauen in Versuchung führte, eine Tasche vollgestopft mit Dollarscheinen, die andere mit Kieselsteinen, die ich eigenhändig sammelte. Mein Gang war schief. Manchmal fühlte ich mich wie Virginia Woolf, die ihre Taschen mit Steinen füllte, die ihren Körper hinabziehen sollten. Ich fühlte mich so belastet, so erschöpft. Ich fühlte mich, als würde ich gleich in den Ouse steigen, ich fühlte mich, als würde ich in den Dünen der Dascht-e Kawir ertrinken.

Oh wie rührend, sagte sie mit leiser Verachtung, die sie gerade so fein justierte, dass es nicht bösartig erschien. Sie drückte ihre Zigarette aus. Und – hat es geklappt?

Sie war es, die den Basidsch-Fundamentalisten von mir erzählte.

Oh mein Gott – das tut mir sehr leid.

Mir nicht.

Warum?

Irgendwie wusste ich da, wie sehr sie mich liebte.

Die Kuratorin knallte ihr Notizbuch auf den Tisch und lachte. Sie warf ihren Kopf zurück. Ihr Lachen war aufrichtig. Sie haben – Sie haben es wirklich drauf, was? Aber warum haben Sie diese Geschichte nicht der Presse erzählt? Die hätte es aufgesogen. Das ist filmreif.

Weil das eine Sache zwischen mir und ihr ist. So ist es viel romantischer. Alle anderen machen sich ins Hemd von wegen Politik und Religion, aber für uns ist es in Wirklichkeit nur eine Liebesgeschichte. Es ist so romantisch, es würde meinen Ruf als Künstler vernichten.

Einen Moment lang wollte sie ihn unbedingt zurückhaben. So schnell, wie es gekommen war, ging es vorbei. Sie war froh, dass ausreichend viel Zeit vergangen war und dass das Gefühl ohne ungehörige Gedanken vergangen war. Sie fühlte sich jetzt sicherer.

Sie sind ein echter Frauenheld.

Sie lachten beide.

Ich liebe meine Frauen wirklich, sagte er.

Mir ist der Plural nicht entgangen, sagte sie leichthin. Aber im Ernst: Drehen sich alle Ihre Werke um Frauen? Entmannt Sie das nicht auf eine Art?

Nicht jede meiner Arbeiten handelt von einer Frau. Aber selbst wenn es so wäre, hätte ich keine Angst vor dieser Entmannung. So sehr liebe ich Frauen. Ich tu erst gar nicht so, als ob meine Existenz ohne sie vollständig wäre. Es macht mir nichts aus, wenn meine Arbeit aus ihren Rippen gemacht ist.

Würden Sie also sagen, dass Sie, wenn Sie eine Beziehung eingehen, versuchen, daraus Kunst zu schaffen?

Guter Gott, nein.

Sie zündete sich wieder eine an. Sie bot ihm die Packung an, und er nahm sich eine. Sie streckte ihm das Feuerzeug entgegen. Er schloss seine Hand um ihre, während die Flamme in der Brise bebte.

...

Wie lange braucht ein Künstler, um Karriere zu machen? Wie lange braucht ein Künstler, um aufzugeben?

Sie hatten sich vor über zwei Jahrzehnten bei der Stipendiatenfeier kennengelernt. Ihm waren ihre schlanken Beine auf der Bühne aufgefallen, als sie dem Minister die Hand schüttelte, die schüchterne Verneigung und das Lächeln, das sie ihm schenkte. Seine Freundin hatte ihn zur Feier begleitet, aber als sie auf der Toilette war, ging er zu dem Mädchen mit den Beinen und sagte: Glasgow? Goldsmiths? SVA? RCA?

Sie wirkte etwas verblüfft, auch noch als sie einen Schritt von ihren Eltern wegtrat und sagte: Glasgow.

Da werde ich auch sein, sagte er. Ich halte nach dir Ausschau.

In Glasgow waren sie innerhalb des ersten Monats zusammengezogen. Nachdem sie bereits sechs Monate zusammenwohnten, erzählte er ihr von seiner Freundin zu

Hause. Sie warf mit einem gläsernen Aschenbecher nach ihm, und er ging zur Tür hinaus, kam aber noch in derselben Nacht weinend zurück. Er hielt sie fest im Arm und versprach, Schluss zu machen, aber als die Freundin an Weihnachten nach Glasgow kam, verfrachtete er das Mädchen mit den Beinen für die zwei Wochen in ein Studentenwohnheim, packte all ihre Kleider und ihren Kram und die Fotostreifen aus den Fotoautomaten mit den Bildern der beiden in einen Karton, den er in seinem Schließfach an der Uni verstaute. Während des ganzen Jahres und des darauffolgenden war er weiterhin mit beiden Mädchen gleichzeitig zusammen.

Sie trug sein viel zu großes, abgewetztes Flaming-Lips-T-Shirt, und er konnte, als er zur Tür hereinkam, ihren Tanga darunter sehen. Als die beiden zusammengekommen waren, trug sie zu Hause Sweater und Capris, aber im Laufe des Jahres fiel ihm auf, dass sie sich für ihn umzog. Er wusste, dass sie Tangas unbequem fand, aber er hatte ihr gesagt, wie glücklich es ihn machte, wenn er sie einen tragen sah. Tatsächlich war er gerade von einer flüchtigen Affäre mit dem Grundstudiumsnacktmodell im Bildhauereistudio im Westflügel des Campus zurückgekommen. Das Modell war rothaarig, und als er ihr Schamhaar mit der Zeichenkohle abgebildet hatte, schien der Mangel an Farbe wirklich eine Schande.

Wo warst du?, fragte sie und lächelte ihn an, als er auf sie zuging. Sie hatte weiße Farbe auf der Nase, und er wischte sie zärtlich weg.

Ich hab ein bisschen mit Ton gespielt – ich überlege, mein Hauptfach zu wechseln.

Wusstest du, dass Dalí Angst vor Frauen mit Körperbehaarung hatte?

Das ist echt lustig.

Sie gingen zu ihrer Staffelei am Fenster.

Weißt du was, du bist richtig gut, sagte er und küsste sie hinters Ohr.

Nur technisch, sagte sie. Ich habe nicht das Talent. Das weiß ich. Aber du, sie drehte sich zu ihm um und sah ihn an, du hast – du hast es wirklich drauf, was?

...

Am Abend der Vernissage im Museum trug die Kuratorin ein nachtblaues Kleid, das ihre Figur betonte. Der Künstler trug ein schwarzes Jackett über einem zerknitterten grauen T-Shirt. Der Kuratorin fiel auf, dass er seine grauen Haare schwarz gefärbt hatte, als sie sich zur Begrüßung Luftküsschen zuwarfen. Die Kuratorin sprach mit einem Sammlerpaar. Der Künstler lauschte dem institutionellen Geschwafel des Direktors. Er blätterte durch den Ausstellungskatalog, bemerkte – und lächelte darüber – die Wortwahl der Kuratorin: Brutalität, die nach Glauben sucht; ein Ikonoklast-Messias-Komplex; Satyriasis; Verzweiflung; extravagante Syntax; »Kunst ist eine Lüge, die uns die Wahrheit erkennen lässt«. Sie hatte ihn gebeten, den einführenden Essay gegenzulesen, aber er hatte gelacht und gesagt: Beeindrucken Sie mich!

Ein dicker Mann in Nadelstreifen schüttelte ihm die Hand; der Direktor stellte die beiden einander vor. Die Besucher sammelten sich größtenteils um *Karussell* in der Hauptgalerie, vollkommen still, während seine im Vergleich kleineren Werke verstreut und einsam wie eine Nachlese in den Nebengebäuden auslagen. Eine gute Handvoll Leute stand auch um *Kastell* im Nebenraum herum, und sie redeten lebhaft. Ein Kellner kam mit Canapés vorbei. Es gab Garnelen und Mango-Mousse auf einem Porzellanlöffel. Der Künstler nahm sich etwas davon, und nachdem er es gegessen hatte, fragte er sich, was er mit dem Löffel machen sollte. Er behielt ihn in der Hand, kam sich dabei etwas dämlich vor.

Gegen neun Uhr explodierte eine Autobombe auf dem Rasen vor dem Museum. Frauen in Stöckelschuhen kreischten. Ein abgerissener Körperteil klebte unter einem Gemälde. Gäste lagen tot neben den Museumssäulen, deren Struktur die einer missionarischen Knabenschule in nachgemachtem Art déco war. Den Künstler hatte ein Granatsplitter in den Hinterkopf getroffen, er war auf der Stelle tot.

Der Großteil der Galerie zerfiel zu Schutt. Die Burkasäcke von *Kastell* brannten, ließen die Kieselsteine zurück, harmlos, gereinigt, eine Feuerprobe. *Karussell* hatte es nicht komplett hingestreckt; es stand dort wie die Ruine eines alten Rummelplatzes. Das Aufhängungskabel war kaputt, und die halbierten Kadaver hingen nicht mehr an den jeweiligen Enden der Metallstange – sie berührten sich fast, und sie brannten. Die Kreislinien aus Blut, die sie auf dem Boden hinterlassen hatten, waren von einer Schicht aus Staub bedeckt und mit Schutt übersät.

Die Kuratorin war ebenfalls kaum verletzt; die Explosion hatte sie lediglich zu Boden gerissen. Sie bemerkte, dass sie völlig gebannt von *Karussell* war. Sie schaffte es nicht, sich in Sicherheit zu bringen. Sie musste weiterschauen. Die elektrischen Leitungen der Galerie waren durchgebrannt, die Lichter waren aus, aber die beiden brennenden Kadaver folgten noch immer den Gesetzen der Physik. Der eine hatte den anderen nun fast eingeholt. Der Geruch von verbranntem Fleisch – ob es das der Pferde oder das der Vernissage-Gäste war – erfüllte die Luft. Mit jeder Runde wurden die Kadaver an ihren Aufhängungskabeln ungleichmäßig langsamer. Sie schleiften träge über den Boden, glühten vom Hals aufwärts, bluteten von den Flanken abwärts, hinterließen eine strukturierte Spur aus Rot und Schutt.

FAUSTPFAND

Delia war die Sorte Frau, bei der man auf den ersten Blick wusste, dass sie noch nie von einem Mann berührt worden war. Vielleicht lag etwas in ihrem Gang, oder es war das leicht ungeschickte Zucken ihrer Oberlippe, bevor sie lächelte, oder der exakte Winkel, in dem sie ihre Tasche unter den Arm klemmte, wenn sie zum Mittagessen ging. Sie roch ein wenig nach Mottenkugeln, obwohl es keine Mottenkugeln in ihrem Kleiderschrank gab.

Und doch wunderte es sie, dass sie allein war. Sie wusste, dass sie nicht schön war, aber wenn sie sich so umsah, gab es genug Männer, die ebenfalls hässlich waren. Für sie war es offensichtlich, dass sie sich gegenseitig verdient hätten. Trotzdem hatten diese Männer nur Augen für die hübschen Frauen im Büro, hielten für sie die Aufzugtüren offen, verliehen Regenschirme, brachten ihnen unaufgefordert *teh ping* mit. Diese hübschen Frauen mit ihren langen Haaren und lackierten Nägeln nahmen diese kleinen vermeintlich milden Gaben mit einem koketten Lächeln an, aber hinter den Rücken der hässlichen Männer, in der Gesellschaft anderer Frauen – also der hässlichen Frauen – zogen sie über diese hässlichen Männer her – *als ob ich jemals mit so jemandem ausgehen würde.* Die einzelnen Anzeichen ihrer Hässlichkeit wurden aufgezählt – ein Gesicht wie ein Ochsenfrosch, Körpergeruch, ein dicker Hintern, gepaart mit zu engen, unmodernen Hosen.

Dann wurde erwartet, dass sie alle in weiblicher Kameradschaft lachten, auch wenn diese hübschen Frauen natürlich wussten, dass sie unnötig grausam waren – zu den hässlichen Männern, ja, aber mehr noch war es eine kristallklare Verspottung der hässlichen Frauen, die nicht einmal das Interesse dieser hässlichen Männer erregen konnten: die tiefsten der tief hängenden Früchte. Man konnte sehen, wie der Triumph in den Augen der hübschen Frauen glitzerte, wenn sie aus der kleinen Küche traten, ihre Becher vor sich hertrugen, die hübschesten Frauen hatten die schönsten Becher.

Delia hatte einen langweiligen Becher, ein Werbegeschenk von einer Kundenveranstaltung. Einmal hatte sie sich von einem magentafarbenen Keramikbecher mit einem aufgedruckten schwarzen Spitzenmuster hinreißen lassen. Sie kaufte ihn verstohlen, nur um zu Hause zu merken, dass sie ihn im Bus vergessen hatte. Danach wusste sie, dass selbst diese kleinen, nichtigen Gesten, die sie sich in der Hoffnung zugestand, sich selbst damit eine Freude zu machen, einer höheren Macht auf die Nerven gingen.

Sie versuchte es erst gar nicht mehr. Früher hatte sie Kleider gesammelt, die eine Nummer zu klein waren, in die sie sich kaum hineinzwängen konnte und deren Reißverschlüsse ihr in die Haut kniffen. Einmal hatte sie sich mineralisches Make-up in Tönen und Schattierungen gekauft, deren sie sich nicht sicher war. Sie zog ihren Bauch ein und stand vorm Spiegel, warf ihr Haar halbherzig zurück, aber sie hatte rundliche, abfallende Schultern und keine Schlüsselbeine. Sie könnte so nie ihr Zimmer verlassen, schon gar nicht ihr Haus. Ein hübsches Kleid anzuziehen, schimmernden Lidschatten aufzutragen, das bedeutete, nicht zu wissen, wo ihr Platz war. Die hübschen Frauen würden ihren Bluff durchschauen, sie würde sich zum Gespött machen.

...

Es gab einen Billigkiosk hinten in einer Ecke im Erdgeschoss des Bürogebäudes, wo man günstig verschiedene Sorten Tee und Kaffee bekam und abgepackte, labberige *bee hoon* und *nasi lemak* kaufen konnte.

Während die hübschen Frauen meist zu den Salattheken und den Cafés mit den Edelsandwiches und Gourmetwraps abzogen, machten Delia und ihre Sorte Ausflüge zu Kiosken wie diesem. Die hübschen Frauen verdienten nicht etwa mehr Geld, sie hatten nur bessere Gründe, besser zu essen, zu sehen und gesehen zu werden. Es war wie mit der Einkommensschere – die Reichen wurden reicher, die Armen wurden ärmer.

Seit Delia vor vier Jahren in diesem Gebäude angefangen hatte zu arbeiten, war der Kiosk, den sie am häufigsten aufsuchte, mit einer unwirschen Frau mittleren Alters besetzt, die ihr das Wechselgeld mit fettigen Händen herausgab. Als Delia aber heute auf die Theke zuging, saß dort anstelle dieser Frau ein schöner Junge in einem dreckigen blauen Unterhemd. Sie räusperte sich, ihr Hals fühlte sich mit einem Mal eng und rau an.

Bee hoon, bitte, und einen Hähnchenschenkel. Nein, nein, Schenkel, nicht Flügel. *Schenkel*.

Sie zeigte von der anderen Seite der Auslage auf das Stück Fleisch.

Entschuldigung, sagte er in akzentuiertem Mandarin und legte die Hand zu einem entschuldigenden Gruß an die Stirn.

Delia ertappte sich dabei, wie sie überlegte, was sie sagen könnte. Du bist neu hier, sagte sie auf Mandarin, während sie ihm die Münzen und Geldscheine in die ausgestreckte Hand drückte.

Ja.

Bist du aus China?

Ja, Harbin.

Ich habe gehört, dass es dort kalt ist.

Oh ja. Unsere Winterwinde kommen aus Sibirien.

Hast du deshalb so rosige Wangen?

Er sah sie amüsiert und verwirrt an. Er hob die Hände und berührte seine Wangen, hinterließ dabei fettige Spuren. Er konnte nicht älter als zwanzig sein.

Jemand stellte sich hinter ihr an und orderte einen *kopi O.*

Sie nahm den Styroporbehälter mit ihrem Mittagessen in der dünnen korallenrosafarbenen Plastiktüte in beide Hände und ging weg.

...

Ich dachte nur, vielleicht hast du von Singapur noch nicht so viel gesehen. Nur Touristen machen Sightseeing, oder? Und mir ist aufgefallen, dass du auch am Wochenende arbeitest. Ich dachte, vielleicht könnten wir zusammen Abendessen? Ich kenne ein wirklich gutes Lokal für Chilikrebse – das ist ein berühmtes singapurisches Gericht – gleich um die Ecke.

Das ist wirklich nett von dir, aber ach, ich weiß nicht.

Warum nicht?

Vielleicht sollte ich erst nach Hause und duschen und mir was Besseres anziehen?

Nein, mach dir keine Gedanken. Pass auf, ich kaufe dir ein neues Shirt, das du einfach überziehen kannst, ist das was?

Jetzt trägt er ein T-Shirt von Bossini, eins auf dem steht I♥SG, ein unglaublich schlechtes Imitat von Milton Glasers ikonischem I♥NY. Das schäbige Unterhemd, eine sauerbunte Mischung aus Testosteron und Unter-Mindestlohn-Arbeit, steckt in seiner Tasche. Und da ist Delia und pult für ihn den Krebs.

Er saugt an den Scheren und macht dabei diese kleinen schlürfenden Geräusche und steckt sich das kredenzte saftige weiße Fleisch in den Mund. Sie betrachtet seine dicken roten Lippen. Sie reißt ein *mantou* auseinander und wischt mit dem teigigen Inneren etwas Soße auf, dann reicht sie es ihm.

Isst man Krebse in Harbin?

Wenn wir sie selbst fangen. Wir fangen Karpfen und Krebse im Bach. Es ist zu teuer, sie im Restaurant zu essen. Ihm wird klar, was er gerade gesagt hat, und er sieht sie verlegen an.

Oh, denk nicht drüber nach, sagt sie, und ihr fällt auf, dass sie noch gar nicht gegessen hat, gedankenverloren beißt sie von der anderen Hälfte des gebratenen *mantou* ab, und dann fügt sie die Einschränkung hinzu: solange du Spaß hast.

Er legt die zinnoberrote Krebsschere ab und sieht sie ernst an. Ja, den habe ich, den habe ich.

Sie bezahlt, und sie verlassen das Restaurant. Neben ihm zu gehen fühlt sich großartig an. Sie ertappt sich dabei, wie sie auf die Ader starrt, die sich über seinen Unterarm zieht, auf seine vom Arbeiten aufgerauten Hände. An der Bushaltestelle sorgt sie dafür, dass er den richtigen Bus nehmen wird, in östliche Richtung zu dem billigen Wohnheim, in dem er sich mit mehreren ein Zimmer teilt. Ihr Bus kommt in die Haltebucht gefahren. Sie sagt Auf Wiedersehen.

Kann ich etwas für dich tun? Sein Gesicht ist ernst.

Nun, da die Frage im Raum steht, ist sie davon völlig überrumpelt.

Sie hat bereits einen Fuß gehoben, um in den Bus zu steigen, sie schwebt mitten im Schritt. Sie öffnet den Mund und macht ihn wieder zu. Er kann ihr ansehen, dass es etwas gibt, das er für sie tun kann, aber dass sie noch nicht weiß, wie sie es sagen soll, und er springt von der Bank an der Bushaltestelle auf und steigt mit ihr in den Bus, zieht sie hinein, mit sich mit. Die Türen schließen sich.

Lei, sie nennt atemlos seinen Namen, als hätte er einen Ozean für sie überquert, und vielleicht hat er das. Bestürzung, gepaart mit offensichtlicher Freude.

Was ist?, fragt er, sein Gesicht ist warm und offen und ehrlich. Für den Bruchteil einer Sekunde denkt Delia: Es war nur ein Krebs. Nur ein Krebs, und schon wedelst du für mich mit dem Schwanz und gibst Pfötchen. Sie meint es dankbar und lächelt verzückt, fast muss sie weinen.

Ich dachte nur – ich hatte mich gefragt, ob du mich nach Hause bringen würdest.

Delia ist noch nie im Leben nach Hause gebracht worden, und fast sagt sie es, hält aber im letzten Moment inne: In meiner Gegend gab es kürzlich erst ein paar bewaffnete Überfälle, weißt du.

Das ist alles?

Es klingt unvermittelt, gefährlich, verächtlich, aber dann schenkt er ihr wieder dieses offene Lächeln und sagt: *Natürlich* kann ich das machen. *Natürlich* kann ich dich nach Hause bringen.

Die dreihundert Meter von der Bushaltestelle zu ihrem Wohnblock waren ihr nie lieber. Lei holt für sie den Aufzug, fragt nach dem Stockwerk, drückt auf die Acht. Er bringt sie bis zu ihrer Tür, wo die sperrigen Topfpflanzen – mit der Eierschale in der Erde und den roten Bändern an den Ästen – und die pinkfarbenen, schmutzigen, auseinanderplatzenden Plastiksandalen ihrer Mutter ihr peinlich sind.

Aber sie merkt, dass ihm das vollkommen egal ist, er sieht sie an, wie es ein Kind tun würde.

Danke, sagt sie.

Gern geschehen.

Gute Nacht.

Gute Nacht – kaufst du morgen wieder dein Mittagessen bei mir?

Ja.

Du kaufst seit einer Woche das gleiche bei mir. Tu das nicht – es ist nicht gesund, wenn du das jeden Tag isst. Oder? Du solltest stattdessen Suppe essen.

Sie lächelt und nimmt ihre Schlüssel aus der Tasche und sieht auf die Uhr.

Oh je, es ist schon nach Mitternacht. Wie kommst du denn jetzt zurück? Es fahren keine Busse mehr, und Taxis nehmen einen Aufpreis. Hier – sie reicht ihm zwanzig Dollar – nimm das.

Ich kann laufen, sagt er, aber er greift schon nach den beiden roten und beigefarbenen Scheinen.

...

Delia trägt ein Kleid, das eine Nummer zu klein ist. Von hinten kann man ihre Speckröllchen sehen, die über das Gummiband ihrer Unterwäsche quellen. Sie hat ihre Augenlider bronziert. Sie trägt Mascara, der bereits etwas verschmiert, obwohl erst Mittagszeit ist.

Lei sieht Delia in ihrem Kleid und dem Make-up. Jetzt weiß er, dass er gewonnen hat. Ein leises Lächeln spielt um seine Lippen, seine Mundwinkel. Auf beiden Seiten unserer Unterlippe, unter unseren Mundwinkeln ist eine kleine Stelle, wo unsere Reißzähne wären; Spuren von Dingen, die wir im Lauf der Evolution verloren haben. Lei weiß, dass er gewonnen hat, und Delia weiß nicht einmal, dass es ein Spiel ist.

Die hübschen Frauen hatten ihre Überraschung bei Delias Erscheinen heruntergeschluckt – nicht vollständig, aber genug, um höflich zu bleiben. *Delia, du siehst so anders aus!* Delia war das vollkommen egal. Sie hielt ihren Blick auf die Wanduhr gerichtet, bearbeitete fleißig ihre Akten, saß aufrechter als sonst.

Bee hoon, bitte –

Und einen Hähnchenschenkel?

Ja.

Sie lächelt ihn an. Sie sieht nach, ob seine Chefin auch nicht da ist: Essen wir heute Abend?

...

Lei kommt nach Hause zu seinen Zimmergenossen, die sich auf dem Boden in dem überfüllten Raum herumlümmeln. Es ist dunkel, bis auf den Schein von seinem brandneuen 15-Inch-Laptop und dem unregelmäßigen blauen Licht des Internetsticks. Sie haben die Lautstärke voll aufgedreht, und das Stöhnen aus den hochauflösenden Lautsprechern ist so scharf wie eine Glasscherbe. Einige seiner Zimmergenossen halten ihren Schwanz in der Hand, andere kauern um den Rechner und starren konzentriert auf den Bildschirm.

Unser Mann, Lei, sagt einer von ihnen.

Lei kommt rüber, sieht die beiden japanischen Mädchen auf dem Bildschirm, schlank, aber mit großen falschen Brüsten, der Mann penetriert sie abwechselnd, sein Penis ist riesig und unbehaart. Die Mädchen stöhnen, nicht miteinander im Takt, und eine drückt mit ihren kleinen Händen ihre Brüste zusammen.

Scheiße. Schau dir diese Japsen an. Wenn ich je meine Hände an eine—

Ich hab euch doch gesagt, ihr sollt meine Sachen nicht anfassen, ohne mich zu fragen, sagt Lei.

Das ist so egoistisch, Lei.

Willst du deine Sachen nicht mit deinen Kameraden teilen, Lei?

Lei, kann mir die Frau auch ein Handy kaufen?

Leck mich, sagt Lei.

Wenigstens hab ich nicht Laptop gesagt. Gib mir dein Handy und sag ihr, dass du es verloren hast und ein neues brauchst.

Ich hab gesagt – leck mich.

Echt?

Lei sieht seinen Zimmergenossen voller Ekel an. Ein anderer stimmt ein: Leckt sie dir den Schwanz, Lei?

Wenn ich das wollen würde.

Warum willst du's denn nicht?

Ein vierter: Ich hab sie gesehen. Sie sieht aus wie ein Ochse.

So schlimm ist es auch nicht, wehrt Lei ab.

Oh, Lei. Magst du sie etwa?

Schallendes Gelächter, Schenkelklopfen. Die japanische Ménage-à-trois nähert sich dem Höhepunkt, alle zusammen, eine der Frauen masturbiert, während sie dabei zusieht, wie die andere Frau gefickt wird.

Unser Lei hier ist ein hübscher kleiner Gigolo, was?

Lei beugt sich vor und klappt den Laptop zu. Hey du Wichser, sagt einer seiner Zimmergenossen und zeigt mit der linken Hand auf den erigierten Schwanz in seiner rechten. Gib her, Fotze.

Lei denkt darüber nach, seine Faust im Gesicht seines Landsmannes zu versenken. Er hebt den Laptop mit einer Hand hoch, dreht sich um, aber es gibt keinen Ort, an den er sich zurückziehen könnte, keine Tür, die er verschließen könnte, außer auf der Toilette. Er sieht sich um – sie sind zu acht, vier Stockbetten, die Kleidung hängt zum Trocknen auf den Rahmen und Trittleitern ihrer Stockbetten, es gibt eine Kochplatte und einen Reiskocher. Ihre Reisetaschen aus Polyester liegen unter den Betten, auf den meisten kleben noch die Gepäckschilder und zeigen die Flughafencodes ihrer Städte: HRB, DLU, PVG, JJN.

Lei beruhigt sich langsam. Er stellt den Laptop auf den Boden, öffnet ihn, setzt sich. Seine Zimmergenossen scharen sich um ihn. Er startet den Porno erneut. Wie er da sitzt, zwischen den wichsenden Händen und den grunzenden Mündern seiner Freunde – ermutigt durch einen Klaps auf den Rücken, einen freundlichen Griff in den Schritt, brüderliche Aufforderungen, in die Gänge zu kommen – fühlt sich Lei wie zu Hause, weit weg von zu Hause.

...

Delia und ihre Eltern sehen sich die chinesische 21-Uhr-Dramaserie auf dem Röhrenfernseher im Wohnzimmer an. Das Programm endet, der Abspann läuft. Delias Eltern hatten sich morgens darauf geeinigt, dass Thema heute Abend anzusprechen, sich damit nach drei Monaten unausgesprochenen Schwankens zwischen Verstimmung und Sorge herauszuwagen.

Ling, warum bekommen wir weniger Geld von dir?

Delia hält den Blick fest auf den Bildschirm gerichtet.

Ist ... ist im Büro alles in Ordnung?

Es läuft gerade nicht ganz so gut.

Gehaltskürzung?

Delia nickt. Ihre Eltern tauschen Blicke, ihr Vater schluckt.

Ling, mach dir keine Sorgen, sagt ihre Mutter sanft, du hast einen sicheren Job.

Delia nickt geistesabwesend, entschuldigt sich und steht von dem durchgesessenen PVC-Sofa auf, wo die Stellen, auf denen sich Gesäß und Schenkel niederlassen, aufgeplatzt sind, sich wie reife Früchte schälen. Sie geht in ihr Zimmer, schließt die Tür. Draußen, bei der chinesischen Abspannmusik, sehen sich ihre Eltern an, machen sich Sorgen, ob sie ihre Tochter verärgert haben. Delias Mutter schält eine Orange. Delias Vater schaltet das Radio an, es ist auf chinesische Oldies eingestellt.

In ihrem Zimmer liegt Delia rücklings auf dem Bett, das sie hat, seit sie vierzehn ist, neben den Stofftieren, mit denen sie sich immer noch das Bett teilt. Sie nimmt ihr Handy, tippt eine Nachricht an einen Kontakt ein, den sie unter 宝贝 gespeichert hat. *Baby,* wie sie es im Radio immer hörte, und jetzt hat sie selbst jemanden, den sie so nennt.

Baby, ich vermisse dich, tippt sie in chinesischen Zeichen.

Fünf Minuten später kommt die Antwort: Ich dich auch.

Was machst du?

Ich denke an dich.

Und davor?

Hab ich auch schon an dich gedacht.

Und vor davor?

Wäsche gewaschen.

Ich freu mich schon, dich morgen nach der Arbeit zu sehen.

Ich mich auch. Schlaf gut, träum süß.

Delias Mutter klopft an die Tür. *Ling*? Ich habe Orangen geschält.

Delia antwortet nicht, und es klopft zögerlich weiter.

Lass sie draußen stehen, Ma. Ich esse sie später.

...

Es ist Weihnachten, und sie sieht ihm dabei zu, wie er sein Geschenk auspackt. Vorher hat er ihr von den wunderschönen Eisskulpturen erzählt, die sie jedes Jahr im Januar in Harbin haben, und sie hat gesagt: Du musst mich da mal mit hinnehmen, vielleicht nächstes Jahr? Sie sitzen in einem Café im touristischen Teil der Stadt in der Nähe eines Kanals, den man Fluss nennt, auf dem sich umfunktionierte Bumboote knallvoll mit kaukasischen und japanischen Touristen tummeln.

Er hält die Geschenke hoch, ein schickes weißes langärmeliges Hemd und elegante Hosen. Er sucht schon länger nach einer Ausrede, einer Ausstiegsstrategie. Was ist das, herrscht er sie an.

Ich dachte, das würde dir besonders gut stehen.

Ist es dir peinlich, mit mir gesehen zu werden? Weil ich nicht in einem Büro arbeite? Ist es das?

Nein, nein, Lei, das hat doch damit nichts zu tun. Ich dachte nur ...

Tja, denk bloß nicht, ich fände es so toll, mit dir gesehen zu werden. Sogar das Mädchen, das das Klo sauber macht, sieht besser aus als du.

Welches Mädchen?

Sie ist aus Malaya. Sie macht das Klo in unserem Gebäude sauber. Hast du sie noch nie gesehen? Schlank und hellhäutig, mit einem herzförmigen Gesicht.

Lei ...

Was.

Lei ...

Er steht auf. Sie fängt an zu weinen.

Was willst du haben, Lei? Ich kann es dir besorgen. Ich hab das nur gekauft, weil ich dir schon alles andere gekauft habe – das Handy, den Laptop, den MP3-Player – ich dachte, es wäre ganz schön, ich dachte, es würde dir gut stehen, wirklich, das ist alles.

Ich kann dein Gesicht nicht mehr sehen.

Lei, liebst du mich denn nicht? Du hast gesagt, dass du mich liebst.

Er macht sich nicht einmal mehr die Mühe, den Ball ordentlich zurückzuspielen, er will nur gehen. Sie packt ihn am Handgelenk.

Geh nicht. Ich – ich bezahl dich, wenn du bleibst.

Damit hat er nicht gerechnet. Er hat damit gerechnet, ein Schuft genannt und beschimpft zu werden. Wütende Tränen, die Forderung nach der Rückgabe der Geschenke. Aber das, das war eine ganz neue Ebene.

Er hält inne, und sie hält den Atem an – vielleicht war das alles ein fürchterliches Missverständnis, würde er sagen, Was ist das für eine Frage, Baby, wie denkst du denn über meine Gefühle? – Dann öffnet er den Mund und fragt:

Wie viel?

...

Er trägt das Hemd und die Hosen, die sie ihm zu Weihnachten geschenkt hat, und dazu ein Paar glänzende Lederschuhe. Sie schlendern den Robertson Quay hinunter, und sie betrachtet ihn voller Bewunderung. Er sieht so schön aus, wirklich, das tut er.

Die Frauen, an denen sie vorbeigehen, starren das ungleiche Paar eine Millisekunde zu lange an. Es ist hier nicht so ungewöhnlich für einen Mann, wenn er eine Freundin hat, die eine Liga über ihm spielt, aber man sieht selten eine hässliche Frau mit einem Mann, der viel zu schön für sie ist. Dazu noch mit einem guten Job, worauf die Schuhe und die lederne Markenaktentasche schließen lassen.

Egal ob sie Single sind oder ihren Partner im Schlepptau haben, in ihren Hälsen steigt ein zorniger, bitterer Geschmack auf, denn das, was sie hat, ist einmalig – er muss wirklich durch ihre physische Hülle hindurchsehen, direkt in ihr Inneres. Es muss also Liebe sein.

Und in diesem strahlenden Moment, wenn sich die Lippen dieser Frauen verziehen, selbst wenn sie es tun, um sich ihren Partnern zuzuwenden und zu sagen: Würdest du mich immer noch lieben, wenn ich *so* aussähe?, sind die Tatsachen nicht mehr wichtig. Die logische Richtung der Nahrungskette, bis vor einer Minute noch völlig offensichtlich, ist infrage gestellt. Es ist eine Tatsache, keine Frage: Die Frage ist nicht, ob sie ihn liebt, dass er sie nicht liebt, ob es um Liebe geht oder was Liebe überhaupt ist; die Tatsache ist, dass Liebe keine Rolle spielt. Es geht nur noch um Macht, und der Lauf der Dinge ist ganz beiläufig ausgesetzt – und fürs Erste, mit sofortiger Klarheit, ist er der Laufbursche und sie die Königin. Während die Frauen ihre neidischen und verächtlichen Blicke senken, von der Anomalie dieses Paares unangebracht beleidigt, wird Lei unwichtig, und Delia gewinnt.

DER KÖNIG VON CALDECOTT HILL

Er sieht gar nicht so aus wie im Fernsehen, und es überrascht sie, dass sie das überrascht, weil doch ganz offensichtlich Showbusiness nun mal Showbusiness *ist*, und sie ist einundzwanzig; sie ist volljährig, und sie ist nicht dumm.

Irgendwie war er schon immer die männliche Bezugsperson in ihrem Leben. Nachdem ihr Vater die Familie verlassen hatte, blieb ihre Mutter nie länger als zwei Jahre mit einem Mann zusammen, aber die chinesischen Dramaserien auf Channel 8 liefen immer um 19 und 21 Uhr. Aufgrund seiner Popularität konnte sie sich darauf verlassen, dass er in jeder neuen Serie mitspielte, und die starteten meistens alle zwei Monate – der Fernsehsender arbeitet im Normalfall mit dreißig Episoden pro Staffel. Er ist kaum aus der Form geraten, obwohl er sich schon der fünfzig nähert.

Der King von Caldecott Hill schnippt mit den Fingern nach ihr. Sie hatte Leerlauf. Sie kann sich nicht bewegen, sie ist wieder sieben und sieht ihn im Fernsehen, als ihre Mutter mit einem neuen Mann ins Wohnzimmer tanzt, während der damals noch jugendlich frische König von Caldecott Hill zu dem Bösewicht mit der fürchterlichen Dauerwelle – ja, derselbe bedauernswerte Kerl, der immer die Bösewichte spielt – sagt: »我就以这十块钱赢你这家赌场!«[1] Er trägt ein weißes Hemd, eine silberne Fliege und einen passenden Kummerbund. Ihre Mutter sagt: Begrüß den Onkel, und sie duckt sich, um weiterzuschauen ...

1 | Ich werde mit zehn Dollar dein gesamtes Kasino leer räumen!

Irrashaimase, sagt sie automatisch, als sie auf ihn zugeht.

Ich wollte schon immer wissen, was das eigentlich bedeutet.

Er spricht Mandarin, sie ist darüber sehr erleichtert. Sie hat die Channel-8-Promis seiner Generation in Talkshows Englisch sprechen gehört und sich jedes Mal für sie geschämt.

Es bedeutet »willkommen«. Darf ich Ihre Bestellung aufnehmen, Sir?

Er sieht sie einen Moment lang an, vielleicht um zu prüfen, ob sie weiß, wer er ist. Sie fragt sich, warum er allein ist – seine Frau arbeitet auch im Showbusiness, sie ist eine zweitklassige Schauspielerin.

Können Sie etwas empfehlen?

Der Lachs *oyako kamameshi* soll gut sein, hab ich gehört.

Gehört, aber noch nicht probiert?

Nein, Sir.

Tja, Ihr Manager sollte darauf achten, dass seine Angestellten wissen, wie das Essen schmeckt. Dadurch werden Sie eine bessere Bedienung.

Sie sagt nichts. Sie möchte sagen: Ich will aber keine bessere Bedienung werden, ich will daran glauben, dass ich mehr aus meinem Leben machen kann.

Na schön, ich probiere ihn trotzdem.

Sie notiert sich die Bestellung, macht eine kleine Verbeugung und geht zur Küche.

...

Sie bringt ihm das *kamameshi.*

Sie hat dieses Gericht vorgeschlagen, weil es ein performatives Element hat, wenn es serviert wird. Die Servierende muss eine winzige Sanduhr – die eine Minute in feinem weißem Sand misst – auf die Holzkiste stellen, die die heiße Platte verdeckt, auf der Fisch und Reis köcheln. Es ist nur ein Gimmick, aber die Gäste lieben es.

Sie müssen noch eine Minute warten. Seien Sie vorsichtig, wenn Sie den Deckel abnehmen – der Teller ist heiß.

Danke.

Sie wendet sich zum Gehen, er lehnt sich in seinem Stuhl zurück. Sie dreht sich wieder um.

Sie waren immer der Gute.

Entschuldigung?

Sie waren immer der Gute in den Serien. Selbst, wenn Sie der Böse waren, waren Sie der Gute.

Er lacht. Das stimmt.

Warum?

Ich weiß es nicht. Man hat wohl beschlossen, dass ich das richtige Gesicht für den Guten habe.

Wer?

Die Regisseure, Produzenten, Demografen.

Was sind Demografen?

Sie untersuchen die Gesellschaft und Trends, um herauszufinden, was die Leute sehen wollen.

Oh.

Der feine Sand in der Sanduhr ist durchgelaufen. Mit einer höflichen Handbewegung macht sie ihn darauf aufmerksam, und er nimmt den Deckel ab.

O shokuji o o tanoshimi kudasai.

Was bedeutet das?

»Guten Appetit.«

...

Er hat das *kamameshi* nicht aufgegessen – vielleicht war es eine schlechte Empfehlung. Sie sollte es wirklich eigentlich kennen, sie fühlt sich schuldig. Sie stellt die Holzkiste und die Tasse auf ihr Tablett, wischt den Tisch mit dem Lappen ab, verbreitet den Geruch von Feuchtigkeit.

Er ist fort, aber was soll sie tun. Es ist ja nicht so, dass es ihr mit einem Autogramm besser gehen würde. Es ist ja nicht so, dass sie ihm irgendwie sagen könnte, was er ihr bedeutet hat, immer noch bedeutet. Wenn sie doch nur die Schürze ausziehen, das Oberteil hochziehen, ihm die scheußlichen Brandflecke zeigen könnte, die ihre Mutter ihr mit dem Bügeleisen vor zehn Jahren hinzufügte, eine Zeit, zu der er den blinden Sänger spielte, der sein Gedächtnis verliert, wenn er doch nur nichts sagen, sondern sie leicht berühren, alle sieben Narben auf Brustkorb und Brustbein nachzeichnen und dann ihr Oberteil wieder herunterziehen würde.

Sie nimmt das schmutzige Geschirr mit nach hinten, kratzt etwas Reis und Lachs von seinem Teller mit dem Löffel, den er benutzt hat, schiebt ihn sich in den Mund. Der Lachs ist zu trocken. Sie leckt den Löffel ab, schabt mit Zähnen und Zunge die verklebten Reiskörner und die Soße herunter.

...

Fünfzehn Minuten vor Schluss kommt ein Anruf auf der Hauptleitung des Restaurants für sie. Der Manager schreit nach ihr, versucht angestrengt zuzuhören, tut so, als würde er die Reservierungen am Tresen abhaken, wird dann von einem unzufriedenen Kunden herbeizitiert, dessen *omu*-Reis zu pampig ist.

Hallo?

Hallo. Ich bin's. Der, dem Sie das *kamameshi* empfohlen haben.

Woher kennen Sie meinen Namen?

Dafür sind doch die Namensschildchen, oder?

Gibt es etwas, das ich für Sie tun kann?

Ich bin in einer Suite im Hotel über dem Kasino.

Ich bin nicht so ein Mädchen.

Tut mir leid, wenn es so rüberkommt – ich wollte nur die Aussicht mit jemandem teilen. Haben Sie schon mal von so weit oben heruntergeschaut?

Ist das nicht lustig?

Was?

Sie waren in einer Serie, in der es um ein Kasino ging, bevor es dieses Kasino gab, und jetzt sind Sie in einer Hotelsuite über diesem Kasino.

Das Leben imitiert die Kunst.

Sie waren umwerfend in dieser Serie.

Danke.

Ich habe geweint, als sie dem Bösewicht die Stiefel lecken mussten. War das echt, oder war das ein Trick?

Ich hab das gemacht. Ich war jung und wollte wissen, wie es sich anfühlt.

Dafür haben Sie in dem Jahr den Star Award als Bester Schauspieler gewonnen.

Das wissen Sie noch.

Ich sehe mir alles an, wenn Sie mitspielen.

Der Manager plärrt nach ihr, sie soll einen Tisch abräumen.

Ich muss weitermachen.

Meine Zimmernummer ist die 2926. Sie müssen nicht raufkommen, wenn Sie nicht wollen.

...

Sie will eigentlich nicht raufgehen, aber sie fühlt sich dazu verpflichtet. Wenn man schon so lange auf etwas in einem Kasten gestarrt hat – Fiberoptik, Satellitensignale, Photonen, ein Möbelstück –, und dann bekommt man die Möglichkeit, seine Form, seine Umrisse zu berühren, dann fällt es schwer, dies nicht zu tun.

Sie zieht sich in der Toilette um. Der Manager fragt aufgeregt, ungeduldig, mit schlechtem Atem und gelben Zähnen: Wer war das? Niemand, sagt sie. Sie weiß, dass er, sobald sie gegangen ist, überall herumlaufen und den restlichen Bedienungen erzählen wird, was für eine Schlampe sie ist.

Sie stellt sicher, dass ihr niemand folgt, als sie auf den Aufzug wartet, als sie hineingeht und auf hoch statt runter drückt.

…

Top-Nachrichten am nächsten Abend: *König von Caldecott Hill: Selbstmordversuch in Marina Bay Sands Suite.* Alle sprechen darüber, sogar die Malaien und Inder, obwohl er nur auf dem Mandarin-Kanal zu sehen ist.

Depressionen, gescheiterte Ehe, die Finger an der Börse verbrannt, schlechte Investitionen, die gesamten Ersparnisse im Kasino verloren, die Gerüchte schwirren herum. Ihr ist der Grund egal, aber warum hatte sie das nicht kommen sehen?

Sie stellt ihn sich wie in der Kasinoserie vor: Selbstsicher gleitet er durch die eine Szene, in der nächsten reißt er sich die Kleider vom Leib und ruft: »我服输！我服输！我服输!«[2], gedemütigt und doch ein Ehrenmann, der sein Wort dem Kasinoboss gegenüber hält, als er die Wette verloren hat; der eine Million Dollar beim Kartenspiel verliert und in die Nacht hinausgeht.

…

2 | Ich habe verloren! Ich habe verloren! Ich habe verloren!

Der Vernehmungsraum, er sieht aus wie im Fernsehen, das harte weiße Licht, der Einwegspiegel. Man gibt ihr ein Glas Wasser.

Was haben Sie im Zimmer von Mr. Li gemacht?

Wir haben geredet.

Worüber haben Sie geredet?

Über die Serien, in denen er mitgespielt hat. Ich habe sie alle gesehen, als ich ein Kind war. Über mich als Kind.

Wie ist Ihre Beziehung zu Mr. Li?

Gar nicht.

Wie bitte?

Wir haben keine, in keiner Weise.

Warum hat er Sie dann in der Nacht, bevor er versucht hat, sich das Leben zu nehmen, in sein Hotelzimmer eingeladen?

Ich weiß es nicht.

Sie sind nicht sehr entgegenkommend. Versuchen wir es noch mal. Warum hat Mr. Li Sie wohl in der Nacht, bevor er versucht hat, sich das Leben zu nehmen, in sein Hotelzimmer eingeladen?

Ich weiß es nicht. Vielleicht, weil ich zu ihm gesagt habe, dass er immer der Gute war?

Was soll das jetzt?

Er hat immer den Guten gespielt. Im Fernsehen.

Wie lange kennen Sie Mr. Li?

Ich kenne ihn aus dem Fernsehen.

Wie lange kennen Sie Mr. Li persönlich?

Erst seit gestern Abend.

Wie haben Sie sich kennengelernt?

Ich bin eine Bedienung in dem japanischen Restaurant im Hotel. Er hat dort zu Abend gegessen.

Wie sind Sie dann in seinem Zimmer gelandet?

Er hat im Restaurant angerufen, bevor geschlossen wurde.

Und?

Und mich gefragt, ob ich in sein Zimmer kommen möchte.

Ist es zwischen Ihnen und Mr. Li zu sexuellen Aktivitäten gekommen?

Nein!

Zu körperlichen Aktivitäten, Geschlechtsverkehr ausgenommen?

Nein.

Gar keine?

Na ja ... ich habe ihm meine Narben gezeigt.

Welche Narben?

Als ich ein Kind war, hat mich meine Mutter immer geschlagen. Manchmal hat sie ein heißes Bügeleisen benutzt.

Wo sind Ihre Narben?

Auf meinen Brustkorb.

Warum haben Sie sie Mr. Li gezeigt?

Weil – das würden Sie nicht verstehen. Bitte, bitte lassen Sie mich gehen. Ich habe nichts Falsches getan.

Wir machen hier nur unseren Job, Ma'am. Es sieht nach einem Selbstmordversuch aus, und soweit wir das vom Rechtsmediziner wissen, verübte er ihn, nachdem Sie laut Zeitanzeige der Sicherheitskameras das Hotelzimmer bereits verlassen hatten, aber wir müssen trotzdem unsere Untersuchungen durchführen.

Sie glauben, ich hatte etwas mit der Sache zu tun?

Sie waren die letzte Person, die ihn vorher gesehen hat. Wir versuchen nur zu verstehen, was Sie in seinem Zimmer gemacht haben. Die Abfolge der Ereignisse. Also zurück zu den Narben – warum haben Sie sie Mr. Li gezeigt?

Als ich noch klein war und meine Mutter mich schlug, stellte ich mir immer vor, er wäre mein – mein Vater. Oder mein Onkel. Oder mein älterer Bruder. Oder mein Liebhaber. Es war ganz egal. Er war ein Guter. Er war *der* Gute. Er hätte mich beschützt. Ich habe mir jede Serie angesehen, in der er mitgespielt hat. Dadurch habe ich mich ihm näher gefühlt. Ich habe mich sicher gefühlt, wenn ich an ihn dachte. Ich konnte mir vorstellen, wie er meinen Namen sagt, sich zwischen meine Mutter und mich stellt, mich in die Arme nimmt, meine Wunden ansieht.

Wo war Ihr Vater?

Er hat uns verlassen, als ich sieben war. Meine Mutter hatte viele Männer über die Jahre, in denen ich bei ihr aufwuchs.

Waren Sie oder sind Sie in Mr. Li verliebt?

(Pause) Was ist Liebe?

(Pause) Hatten Sie gehofft, eines Tages mit ihm zusammen zu sein?

Das ist nicht wirklich Liebe, oder?

(Pause) Hatten Sie gehofft, eines Tages auf Mr. Li zu treffen?

Nein.

Warum nicht?

Weil ich ihn in meinem Kopf schon kannte.

(Pause) Hat sich Mr. Li in Ihrer Gegenwart irgendwie merkwürdig verhalten?

Nein, abgesehen davon, dass ich es merkwürdig fand, dass er sich mit mir unterhalten wollte.

Wirkte er emotional instabil?

Nein.

Wie war sein Verhalten?

Er war ruhig. Charmant. Ein bisschen wehmütig.

Ist Ihnen irgendwann die Pistole aufgefallen, oder wurden Sie darüber informiert, dass sie sich in seinem Besitz befand?

Nein.

Wissen Sie, dass es in Singapur illegal ist, eine Waffe zu besitzen?

Ja.

Wissen Sie, dass es in Singapur illegal ist, sich wissentlich in der Gesellschaft von jemandem aufzuhalten, der eine Waffe besitzt?

Nein.

Um wie viel Uhr haben Sie Mr. Lis Suite verlassen?

Ich bin eingeschlafen und dann so gegen neun Uhr am nächsten Morgen gegangen.

Sie haben sich das Bett mit Mr. Li geteilt?

Wir haben uns hingelegt und geredet, ja.

Haben Sie sich im Bett berührt?

Nein, überhaupt nicht.

Lagen Sie unter oder auf der Decke?

Wieso ist diese Frage wichtig?

Wissen Sie, dass Mr. Li verheiratet ist?

Ja.

Dass er zwei Kinder hat?

Ja.

Und trotzdem fanden Sie es richtig, die Nacht allein mit ihm in einem Hotelzimmer zu verbringen.

Wir haben geredet.

Die Sicherheitskameras zeigen, dass Ihnen Mr. Li im Aufzug Geld gegeben hat.

Er hat mir zwanzig Dollar fürs Taxi gegeben.

Aber Sie haben kein Taxi genommen – Sie sind an der langen Taxischlange vor der Hotellobby vorbeigegangen.

Ja, ich bin mit dem Bus nach Hause gefahren. Ich bin nicht reich. Ich bin es nicht gewohnt, ein Taxi zu nehmen.

Woher sollen wir wissen, dass das Geld keine Bezahlung für Ihre Dienste war?

Weil ich nicht so scheiß billig wäre, wenn es so wäre.

Entschuldigung?

Warum suchen Sie nicht auf dem Laken und seiner Unterwäsche nach Sperma?

Das haben wir.

Und?

Und es gab Spuren.

Wovon?

Von männlichem Ejakulat.

Was? Wir haben nichts gemacht.

Was glauben Sie, warum Mr. Li Sie in sein Zimmer eingeladen hat?

Ich denke, weil er es gespürt hat.

Was gespürt?

Dass ich ihn schon kannte.

Hat er das gesagt?

Nein.

Warum sagen Sie es dann?

Sie haben mich gefragt, was ich denke.

…

Sie lassen sie gehen, nachdem sie sie noch drei weitere Stunden durch die Mangel genommen haben. Sie fragen sie, ob es jemanden gibt, der sie abholen kann, und sie sagt Nein, gibt es nicht. Im Bus nach Hause denkt sie an sein ruhiges Lächeln, seine warmen Hände. Wie er sich auf ein Kissen gestützt hat. Sie denkt an das Sperma, das seine Unterwäsche besudelt hat.

Sie möchte mit seiner Frau sprechen, ihr sagen: »我们之间没有 发生任何关系…«[3], so wie im Fernsehen. Sie will mit ihr über ihn eine Beziehung aufbauen, mit ihr zusammen trauern.

…

3 | Zwischen uns ist absolut niemals etwas geschehen.

Fünf Jahre später – wie schnell und bequem die Zeit in der letzten Folge einer Serie jedes Mal vergeht, um kurz vor dem Ende alles auf den Punkt zu bringen, jede Wendung der Handlung zu erklären und ein verdrehtes und unwahrscheinliches Ende in sanfter Doppeldeutigkeit aufzulösen.

Meistens endet es damit, dass die Hauptfigur auf einem Wellenbrecher steht und auf das unruhige Meer schaut ...

So wie in den Dramaserien lag er im Koma.

Anders als in den Dramaserien besserte sich sein Zustand nie.

Sie kündigte in dem japanischen Restaurant am Tag nach der Vernehmung. Der Manager rief sie an, um ihr mitzuteilen, dass Reporter und Fotografen schon auf sie lauerten. Der Manager versuchte, Details aus ihr herauszuquetschen – Also irgendwas *muss* ich der Presse doch sagen, oder? –, und sie legte auf. Sie verzichtete darauf, ihren letzten Gehaltsscheck abzuholen.

Sie machte einen zweitklassigen Abschluss an einer Privatuni und arbeitete danach im Marketing, zwei Jahre später heiratete sie einen Kollegen. Er war ein ruhiger Mann, der sie sanft liebte. Sie war damit glücklich: Sie wollte nur jemanden, der sie niemals schlagen würde.

Jedes Jahr an einem bestimmten Tag nimmt sie sich frei, um in das Hospiz zu fahren, in dem der König von Caldecott Hill liegt und schläft. In all diesen Jahren wurde kein neuer König gekrönt. Es gab Prinzen und Königinnen, aber keine Könige. Es hatte keine Beerdigung gegeben, keine Trauerreden, keinen Abschied, weil er nicht richtig tot war.

Manchmal bringen sie nachmittags zu seltsamen Uhrzeiten immer noch Wiederholungen, in denen er mitspielt.

Er mit neunzehn, mit dreiundzwanzig, mit dreißig, mit einundvierzig. Der talentierte Spieler, der geduldige Chirurg, der stoische Ehemann, der Sonderermittler als Antiheld. Seine natürlich gebräunte Haut, die sich über die Wangenknochen zog, die Intensität seines Blicks, all das ist für die Ewigkeit auf Filmrollen festgehalten. Sie sucht im Fernsehprogramm nach diesen Wiederholungen, programmiert den Videorekorder. Wenn ihr Ehemann länger arbeitet oder sich mit seinen Armeekumpels auf einen Drink trifft, kuschelt sie sich aufs Sofa und sieht sich eine Folge nach der nächsten an. »难道我们真的是 有缘无份吗?«[4], fragt der König von Caldecott Hill ungestüm die weibliche Hauptrolle, er hat den Zeigefinger auf ihr Kinn gelegt, hebt ihr Gesicht an, um das Licht einzufangen. Sie drückt auf Pause, spult zurück, lässt es wieder laufen.

Die Kugel hat die Hälfte seines Gesichts zerstört, zurück blieb zerklüftete, haltlose Hautmasse. Seine linke Augenhöhle ist wegen des nicht mehr existenten Wangenknochens eingefallen, und ein großer Teil seines Kinns und der Lippen ist ein zerbröckeltes Wrack.

Von Anfang an war sie nicht schockiert. Sie hatte die Schwester gefragt, ob sie anfassen dürfe. Die Schwester hatte nach ihrer Beziehung zu ihm gefragt. Sie sagte, es sei kompliziert. Sie fasste an.

Während des letzten Jahrs ist sein Haar weiß geworden. Das findet sie erschreckend, und sie kauft in einer Drogerie Haarfärbemittel. Die Schwester willigt ein, bietet ihr alte Handtücher an, um die Schultern zu bedecken, und ein C-förmiges Becken zum Auffangen der Tropfen, auf dem die Schultern ruhen können.

Während sie darauf warten, dass die Haarfarbe von den Wurzeln aufgenommen wird – und es ist wundersam, sich

4 | Wie kann es sein, dass wir dazu verdammt waren, uns zu treffen, aber niemals zusammen sein dürfen?

vorzustellen, dass offenbar ein Teil von ihm immer noch in der Lage ist, etwas aufzunehmen –, sagt die Schwester halblaut zu ihr: Das bedeutet, *sie* wird wissen, dass ihn noch jemand besucht.

Wer?

Seine Frau.

Daran hat sie ehrlich gesagt gar nicht gedacht. Natürlich hat sie Angst, im Hospiz seiner Frau über den Weg zu laufen, aber sie hatte sich bisher trotzdem immer selbst dazu überreden können, das Risiko einzugehen. Bei jedem Besuch achtet sie darauf, sich so hinzusetzen, dass sie den langen Flur im Blick hat, und sie kennt den schnellen Fluchtweg über die andere Zimmerseite.

Wie oft kommt sie her?

Alle zwei oder drei Monate. Sie bringt die Kinder mit.

Was machen sie dann?

Sie sprechen mit ihm, sprechen miteinander. Zeigen ihm alte Fotos. Sie bleiben jedes Mal gut zwanzig Minuten.

Sagen Sie ihr, das Sie's waren, ja? Dass Sie ihm das Haar gefärbt haben? Die Farbe war noch von einem anderen Patienten übrig, und Sie wollten sie nicht wegwerfen.

Sie Schwester sagt nichts, aber es fühlt sich an, als würde sie zustimmen. Beide betrachten den König von Caldecott Hill, der über das Atemgerät verhalten atmet. Manchmal, wenn sie ihn zu lange ansieht, glaubt sie, dass einer seiner Finger zuckt.

…

Jede chinesische Dramaserie kommt an den Punkt, an dem die männliche Hauptfigur den Blick gen Himmel richtet, drei Finger hebt und seine unendliche Liebe zur weiblichen Hauptfigur zu schwören versucht. Falls er sich als untreu erweist, beruft er sich mit einer chinesischen Redensart auf himmlische Rache und den sicheren Tod – »如果我, xxx, 做出任何对不起 xxx 的事, 我将会被天打雷劈«[5]. Die weibliche Hauptfigur, chinesisch und abergläubisch, fürchtet sich davor, Unglück heraufzubeschwören, und lässt die männliche Hauptfigur niemals diesen Satz beenden, reißt ihm kokett die Hand herunter, voll weiblicher Sorge, gemischt mit scheuer Freude darüber, dass er bereit ist, seine Zuneigung auf diese Weise zu zeigen.

So sieht er doch besser aus, sagt sie und trocknet sanft sein Haar mit Handtüchern. Der Ammoniakgeruch durchdringt die Station. Immer noch so schön, nicht wahr? Die Schwester beißt sich auf die Lippe. Keine Sorge, sagt sie zu der Schwester, ich rede mir nicht ein, dass er jemals wieder wach wird.

Sie berührt ihre Narben durch die Bluse, alle sieben, eine nach der andere, jede mit einem anderen Finger. So hat er es gemacht, als sie einundzwanzig war, als sie ihr Oberteil hochgezogen hatte, so als säße er an einem Klavier und übte Tonleitern. Sie schluckt und erinnert sich an den Standardspruch, den sie den König von Caldecott Hill so viele Male in all den Jahren hat aussprechen sehen und hören, während seine Filmliebe ihren letzten Atemzug tat, hingerafft durch einen Autounfall, einen Gehirntumor, die Messerstecherei eines Psychopathen. Dieser verschleierte Blick, der Klang seiner Stimme, die jedes Mal weit hinten in seinem Hals zu stecken schien: »不管天长地久, 只需曾经拥有.«[6]

---

5 | Sollte ich, xxx, in irgendeiner Weise xxx hintergehen, möge mich der Himmel durch einen tödlichen Blitzschlag bestrafen.

6 | Unendlichkeit ist nicht der entscheidende Punkt. Das Einzige, was wir wirklich wissen müssen, ist, dass wir einmal einander gehört haben.

Bukit Timah Hill

Der Bär sagt: Wir hatten einen Wald hinterm Haus. Im Sommer hat er gebrannt.

Der Bär sagt: Ich habe ihn nie ganz erkundet.

Der Bär sagt: Na ja, ich meine, das waren viereinhalb Hektar.

Er hatte ganz beiläufig gefragt, ob es hier in Singapur Naturpfade gibt. Ich sagte, wir könnten es mit dem Bukit Timah Hill versuchen, und dann wurde mir klar, dass ich mich gerade mit ihm verabredet hatte, und bevor ich erstarrte, sagte er: Klar. Während ich Wegbeschreibungen heraussuche, stoße ich auf eine unwichtige Tatsache: Es ist der höchste Punkt auf dieser Insel mit einer Höhe von 163,63 Metern. Ich fühle mich jetzt ein bisschen komisch, weil, wenn ich mir das Wort Höhe vorstelle, dann denke ich an dünne Luft und die Notwendigkeit, sich zu akklimatisieren.

Er öffnet seine Tasche – Ranzen, sagt er – und holt ein Plastiktütchen raus.

Für dich. Studentenfutter.

Es ist eine Mischung aus Mandeln, Rosinen, Erdnüssen, M&Ms und Müsli, und irgendwie denke ich, dass es das Niedlichste überhaupt ist.

Wir sitzen auf einer Baumwurzel und teilen uns das Studentenfutter, sehen dicke rote Ameisen an uns vorbeilaufen. Er erzählt mir, dass auf den Naturpfaden seiner Kindheit weißschwänzige Hirsche und rote Füchse zu sehen waren. Ein kleines Chamäleon taucht auf und geht langsam vor uns vorbei wie eine Art visuelles Stichwort oder ein Untertitel. Ich muss darüber lachen. Irgendwie versteht er es und lacht auch, ein tiefes, kehliges Lachen.

Ich habe noch nie einen Ausflug speziell zu irgendeinem Park oder Hügel in Singapur gemacht, sage ich, als wir uns an der Bushaltestelle trennen. Das war mir absolut klar, sagt er. Welches Mädchen würde schon so was zum Wandern anziehen? Der Bär zeigt auf meine Vintage-T-Strap-Pumps, mein Sommerkleid mit Sweetheart-Ausschnitt.

Wandern? Wenn der Hügel weniger als zweihundert Meter hoch ist und alle Wege geteert sind?, sage ich. Ich muss dich irgendwann mal zum Fort Canning Park mitnehmen – da ist eine Rolltreppe *an* den Hügel gebaut, kannst du dir das vorstellen?

Wie wär's damit, sagt er. Wir gehen in jeden Park auf dieser Insel.

Jeden Park auf dieser Insel?

Jeden Park auf dieser Insel.

Clementi Woods

Als ich nach Hause in die Wohnung im zehnten Stock in Clementi Woods komme, fahre ich meinen Computer hoch. Auf dieser Insel, die sich Gartenstadt nennt, gibt es zwölf Stadt- und Naturerbeparks, dreizehn Gemeindeparks, sechs Küstenparks, fünf Southern-Ridges-Parks, sechs Naturparks, vier Naturschutzgebiete, sieben flussnahe Parks, den Botanischen Garten, den Zoologischen Garten und die Gardens by the Bay. Ich erstelle eine Karte, markiere sie alle und hänge sie an die Pinnwand über meinem Schreibtisch.

Beim Abendessen frage ich meine Eltern nach der *Land*fläche unserer Wohnung. Landfläche, von unserer Wohnung im zehnten Stock, derselbe seltsame Klang wie bei »eine Höhe von 163,63 Metern«. Mit einem Mal kommt es mir vor, als sei ich in all den Jahren durch die Luft gelaufen, dass jeder Wohnblock eine Art Soufflé ist. Die ganze Luft, die durch Fenster, Balkone, offene Türen strömt: Wir sind übereinandergeschichtet, zu einer Art Gemeinschaftsteig verarbeitet. Der Kanto-Pop-Karaoke-Beat von nicht einem, sondern drei Stockwerken unter uns, der Geruch von *rendang curry* aus dem benachbarten Küchenfenster der malaiischen Familie.

Ungefähr siebenhundert Quadratfuß, sagt meine Mutter. Warum?

Ich gebe keine Antwort. Ich rechne es online um. 700 Quadratfuß = 0,00650321 Hektar.

Zoologischer Garten, Singapur

Meine Eltern erzählen gern davon, wie ich als Kind wegen der Bären weinte.

Bären waren meine Lieblingstiere. Ich hatte Bücher mit großen braunen Bären, die dicke Bäuchlein hatten und Honig aus Gläsern aßen und aufrecht standen. Ich schlief nachts neben einem Teddybären.

Als wir zum ersten Mal in den Zoo gingen, war ich schrecklich aufgeregt. Ich ignorierte alle anderen Tiere, an denen wir vorbeikamen – Flamingos, Goldmanteltamarine, Zebras, Löwen. Wir kamen zum Gehege des Malaienbären, und mein Vater hob mich hoch, damit ich ihn besser sehen konnte.

Er war weder groß noch braun noch pelzig. Er erinnerte mich an die dunklen Flecken auf der Schale einer überreifen Banane, und ich fing an zu weinen.

Als ich den Bären zum ersten Mal sah, stellte ich mich direkt hinter ihn. Er stand am Snackautomaten vor dem Hörsaal auf dem Campus und runzelte die Stirn. Er war sehr groß; kräftig und stämmig, der Bauch zeichnete sich etwas unter seinem schwarzen T-Shirt ab, und weiches, welliges honigbraunes Haar fiel ihm bis knapp über die Schultern.

Ich wusste nicht genau, was es an ihm war – es gab besser aussehende weiße Jungs im Austauschprogramm oder Jungs von hier, und ich blieb nie stehen, um sie anzustarren – aber jetzt stand ich da, direkt hinter ihm, und dann wurde mir klar, dass ich meinen Bilderbuchbären gefunden hatte.

Er drehte sich um. Pech, brummelte er schulterzuckend. Der Snackautomat hatte seine Münzen gefressen, ohne etwas auszuspucken. Jetzt ging er weg.

Ich trat gegen den Snackautomaten – es war wahrscheinlich das erste Mal in meinem ganzen Leben, dass ich überhaupt gegen etwas getreten hatte. Das Päckchen M&Ms fiel in den Ausgabeschacht. Er drehte sich um, und ich reichte es ihm. Ich merkte, wie mein Gesicht anfing zu glühen.

Danke, sagte er. Er wirkte nicht sonderlich beeindruckt. Einen Moment lang schien es, als würde er wieder gehen, dann nannte er mir seinen Namen. Ich werde ihn nicht erwähnen, weil er für mich bis in alle Ewigkeit schlicht der Bär sein wird.

Ich nannte ihm daraufhin meinen Namen, einen chinesischen Namen, und er sagte sofort: Ich muss dir einen neuen Namen geben, Mädchen.

Ich starrte ihn stumm an.

Der Bär sagte: Mal abgesehen davon, dass ich ihn nie wirklich richtig werde aussprechen können, ist er so weich und ... wahrhaftig. Du brauchst einen, der mehr reinhaut, wenn du nicht willst, dass man dich übersieht.

Er drehte sich ganz zu mir, betrachtete mich – Das willst du nicht, oder? Ich wusste, dass ich schon immer zu den Mädchen gehört hatte, die man leicht übersah, ich war ruhig, und wenn es etwas gab, das mich von der Masse abhob, dann waren es meine Vintage-Kleider und Schuhe, wegen denen mich die anderen Mädchen seltsam fanden, und mein beträchtliches (wenn auch nutzloses) Wissen über Pre-Code-Hollywood – Vielleicht lieg ich ja falsch, aber ich fürchte, Vintage ist nur was für ganz *bestimmte* Mädchen, hatte eine von ihnen zu ihrer Clique gesagt, als ich an ihnen vorbeigegangen war.

Der Bär schnippte mit den Fingern.

Vorschlaghammer, sagte er.

Ich liebte es. Jetzt musste ich etwas sagen, und ich dachte gründlich darüber nach. Ich schob mir die Brille auf der Nase hoch und atmete tief ein, bevor ich sagte: Du klingst wie aus einem Film.

Der Bär grinste mich unbändig mit seinen großen weißen Zähnen an. Er öffnete das Päckchen M&Ms und gab mir ein rotes, nahm sich selbst ein blaues.

Telok Blangah Hill Park

Ob das alles stimmt, was man sich über New York City erzählt?

Was ist alles?

Ich weiß es nicht, aber jeder will nach New York, oder?

Damit du's weißt, ich stamme von westlich der Appalachen und kenne nichts, was östlich davon liegt.

Dann warst du noch nie in New York?

Nur einmal, und um ehrlich zu sein, ist es nicht sehr viel anders als Singapur, auf 'ne Art.

Was? Das kann nicht sein.

Na ja, ich meine – da, wo ich herkomme, gibt es keine Wolkenkratzer oder U-Bahnen. Städte sind Städte. Sie sind auf ihre Art aufregend. Du weißt das nur nicht, weil du in einer aufgewachsen bist.

Dann erzähl mir mal etwas Aufregendes über Singapur.

Man kann viel zu Fuß machen – von den Museen zu den Malls laufen – und dann diese ganzen Lichter – und man sieht so viele unterschiedliche Menschen –

Nur dass wir nichts Richtiges in diesen Museen haben, und die Malls sind alle gleich.

... und die indischen Tempel und die Garküchen und die alten Männer, die nachmittags Bier trinken, und *laksa* und frittierte Muscheln für zwei Dollar?

Ich kann jetzt nicht einfach aufgeben, also rede ich weiter: Was ist mit Secondhandläden? Gibt's bei euch Secondhandläden, mit plissierten Tellerröcken und Nachmittagskleidern? Und Diner? Und Billigkaufhäuser? Und Peepshows?

Der Bär bleibt stehen. Er dreht sich zu mir und legt die Hände auf meine feuchten Schultern, dann lacht er freundlich.

Weißt du was, Hammer? In meinem Ort gibt es keinen Flughafen. Um zur nächsten Mall zu kommen, muss man eigentlich ein Auto haben, und man fährt eine halbe Stunde. Die Mall hat nur vier Stockwerke, und das gesamte Erdgeschoss ist ein Walmart. Kannst du dir das überhaupt vorstellen? Wenn in deinem Ort nichts passiert, dann denkst du, dass auf der ganzen weiten Welt nichts passiert. Ich wünschte, ich könnte für immer hierbleiben.

Lower Peirce Reservoir

Erzähl mir was über Pennsylvania.

Wir sind die Welthauptstadt der Naschereien. Deshalb bin ich so dick.

Ehrlich?

Ja. Hershey's und Auntie Anne's und Mars-Riegel. Alle großen Chipshersteller haben ihren Hauptsitz in Pennsylvania.

Was noch?

Wir haben die zweithöchste Anzahl an Schwarzbären in ganz Amerika.

Bären?

Ja, Bären. Wir jagen sie.

Hast du schon mal eine Waffe benutzt?

Ein Jagdgewehr, ja.

Hast du etwas getötet?

In erster Linie Truthähne und Fasane. Mein Dad und ich, wir haben einmal einen Bären gesehen, und wir haben auf ihn geballert, aber er war zu schnell für uns.

Fühlst du dich da nicht schlecht?

Ach, was soll's, Hammer, schau mich nicht so an.

Mount Faber

Also ich fand das ja schon immer peinlich.

Was, Hammer?

Das dieser einhundertfünf Meter hohe Hügel sich Mount Faber nennt. Ist das nicht wirklich peinlich? Was sollen denn die Anden und die Alpen denken?

Das ist nur ein Name.

Nein, das stimmt nicht, das ist in einer höheren Gewichtsklasse boxen.

Kleine Menschen müssen eben lauter sprechen, um gehört zu werden.

Also ich bin klein, oder nicht, ich bin nicht mal ein Meter sechzig groß, aber du erlebst es nicht, dass ich laut werde.

Vielleicht macht es dir nichts aus, wenn man dich nicht hört.

Ich möchte nur von den richtigen Leuten gehört werden. Von der richtigen Person.

Ang Mo Kio Park

Wir gehen still durch den Park, und zwei Leute machen am Rand eines Drillingsbuschs rum, und als der Mann aufstöhnt, sage ich: Wenn ein Baum in einem Wald umfällt, und keiner hört es, macht er ein Geräusch?

Was meinst du?

Ich meine, ich möchte, dass der Moment ihnen gehört.

Der Bär neckt mich: Du meinst, du bist kein Voyeur?

Darum geht es nicht, sage ich, während wir weitergehen. Weißt du, dass ich es in meinem Zimmer hören kann, wenn jemand im Häuserblock gegenüber niest? Und dass ich das Kind über uns weinen höre, wenn es von seinem Vater verprügelt wird?

Soll ich dir von meiner Oma erzählen? Sie war ein Flapper. Weißt du, was das ist?

Natürlich. Ich würde töten, um in den Roaring Twenties zu leben.

Gut. Also, meine Oma, geboren und aufgewachsen in New York, bevor sie meinen Opa traf, der ein Trucker auf der Durchreise war. Sie verliebte sich in ihn, und sie zogen in den Mittleren Westen. Am Ende, so sagt mein Dad, hat sie es meinem Opa nie verziehen.

Was meinst du damit?

Sie hat ihm nie verziehen, dass er sie aus der Stadt geholt hat. Sie hat es gehasst, wie ruhig es sein konnte. Keine Musik, keine Tanzlokale, keine Mode, keine Cafés, keine Schlägereien, kein Geplänkel.

Was ist dann passiert?

Was hätte sie tun sollen? Sie hatte meinen Dad und meine Onkel und wurde eine Vorstadthausfrau. Als ich ein Kind war, war sie uralt, aber ich weiß noch, dass sie immer diese alten Jazzplatten auf dem Grammophon gespielt hat.

Meine Großmutter war eine Samsui-Frau.

Was ist das?

Das bedeutet, sie trug ein rotes Kopftuch und schleppte schwere Ladungen, die für Männer bestimmt waren, von Schiffen.

Dann waren sie beide auf 'ne Art Pioniere ihrer Zeit. Deine Oma hat schweres Zeug im Hafen geschleppt, und meine Oma hat die Tanzlokale abgefackelt.

Hat sie ihr Flapper-Kleid aufgehoben? Hatte sie Haare wie Louise Brooks?

Alle hatten Haare wie Louise Brooks. Als sie starb, war ich zehn. Es gab eine kleine Haushaltsauflösung, und sie verkauften ihr Zeug: die Kleider, die sie aufgehoben hat, ihre Schuhe, ihre Hüte, ihre Schallplatten. Ich weiß noch, dass diese eine Frau mit den grünen Augen ihre ganzen Kleider gekauft hat.

Ich könnte dich schlagen.

Du bist so schräg, Hammer.

Tut mir leid.

Nein, Süße, das sollte ein Kompliment sein.

Bishan Park

Hammer, bringst du mir alle schlimmen Wörter auf Hokkien bei?

Aber ich benutze sie doch nicht mal.

Das stimmt nicht. Ich habe gehört, wie du *wa lau eh* gesagt hat.

Hey, das ist nur so was wie – oh mein Gott.

Dann bring mir die wirklich üblen bei.

Okay. *Chao chee bye.*

Chao chee bye. Was heißt das?

Stinkende Vagina.

Das ist gut.

Benutz das nie in meiner Gegenwart.

Mach ich nicht. Das nächste?

Ka ni na.

Ka ni na.

Das heißt: Fick deine Mutter. Und dann gibt's noch *lan pa.*

Lan pa. Schwanzlutscher?

Nah dran – Sack. Schwanz ist *lan jiao.*

Lan jiao.

Stärkere Betonung auf *jiao*.

Lan jiao!

Genau so.

Botanischer Garten

In einem kleinen Pavillon im Botanischen Garten legt er seine Hand auf mein Knie, und als die Sonne untergeht, liegt sie auf meinem Oberschenkel. Er lässt sie einfach dort, unbeweglich, und wir reden weiter.

Stimmt es, dass es bei euch Drive-through-Hochzeiten in Las Vegas gibt?

Klar – wobei ich noch nie an einer teilgenommen habe.

Was hältst du davon?

Ich glaube nicht ans Heiraten.

Na, ich auch nicht, außer mit einem Ring für 99 Cent aus dem Secondhandladen.

Ha-ha.

Nein, ich mein das ernst!

Na, dann bist du genau mein Mädchen.

Du bist geizig.

Nee, ich bin antikonsumorientiert.

Ich finde nun mal, dass es beim Heiraten nicht um den Protz und Prunk gehen sollte.

Du bist ein Prachtstück, Hammer. Ein gebrauchter Ring für 99 Cent und dazu ein Stück Apfelkuchen.

Changi Beach Park

Bei unserem vierundzwanzigsten Parkbesuch übertreffen wir uns selbst: Wir haben eine kleine Picknickdecke mitgebracht und unsere eigenen Sandwiches, Schinken und Käse auf weißem Brot mit Margarine zusammengepappt. Als der Bär sich für einen Platz auf dem weichen Rasen entscheidet, der halb von Gebüsch verdeckt wird, und nicht für den Sand näher am Wasser, weiß ich, was es bedeutet, ich weiß nur nicht, wann ich anfangen soll. Er macht es mir leicht, indem er seinen Arm um mich legt, bevor wir auch nur die Sandwiches ausgepackt haben, und kurz darauf habe ich seinen Reißverschluss aufgemacht.

Es ist dunkel, und es ist der erste Penis, den ich je gesehen habe, der erste Penis, den ich berührt habe, und ich sage mir, ich muss mein Bestes geben, während ich die Brille abnehme und meinen Kopf vorbeuge.

Er berührt mich überall, und ich lehne mich zurück, während er mir das Höschen bis zu den Knien runterzieht, aber dann hört er auf, und sein Penis wird schon ganz schlaff, obwohl meine Finger ihn immer noch fest umschließen, und es fühlt sich an, als wäre gerade ein kleines Tier in meinen Händen gestorben, weil ich es falsch behandelt habe.

Was stimmt denn nicht?

Er sieht mich an, dann sieht er weg.

Du bist ein tolles Mädchen, sagt er. Ich – ich will nicht, dass du mich so leicht ranlässt.

Ich bin über mich selbst schockiert, weil ich sage: Weshalb denkst du, dass ich es nicht genauso sehr will wie du?

Er stützt seinen Kopf in seine Hände. Seine Haare fallen nach vorn zwischen seine massigen Schultern, ein goldbrauner Vorhang.

Ich weiß nicht, wie ich es sagen soll, aber ich glaube, ich kann es nur mit weißen Mädchen machen.

Clementi Woods

Es gibt nur sechsundzwanzig Wochen in sechs Monaten, aber es sind sechsundfünfzig Parks auf dieser Insel. Sein Austauschprogramm dauert noch einen Monat, und es sind noch einunddreißig Parks übrig.

Er ruft mich an, und ich lasse es jedes Mal klingeln, bis es aufhört. Manchmal gehe ich dran und lasse ihn *Hallo* sagen. Ich lasse ihn nicht bis *Hallo, Hammer?* kommen. Es war schon immer so, die Jungs interessieren sich nicht für mich. Die Mädchen sprechen mich mit meinem chinesischen Namen an, behandeln mich wie eine Spinnerin oder ein Mauerblümchen, wie jemanden, den man einfach ignoriert oder im Kielwasser hinter sich her schleift. Ich war allein immer glücklich, aber jetzt umgebe ich mich mit ihnen, solange sie mich in ihre kleinen Cliquen lassen, damit ich nie allein in der Schule bin, damit er nie zu mir kommen kann. Wenn die Mädchen sagen *Wer ist der dicke ang moh Typ, der uns anglotzt? Was für ein Widerling*, dann lache ich mit ihnen. Sie sprechen über amerikanische Indiebands, Schule, die Jungs, mit denen sie ausgehen, den besten Nagellack, der nicht absplittert. Sie sagen mir, dass ich mir Kontaktlinsen zulegen und in die Sonne gehen soll, dass Vintage in der letzten Saison trendy war, aber jetzt so was von vorbei ist. *Wo um alles in der Welt bekommst du überhaupt deine Klamotten her?* eBay, sage ich, manchmal bleibe ich nachts lange auf, um mein unsichtbares Höchstgebot zu erhöhen, und sie brüllen vor Lachen und schicken mir Links zu Urban Outfitters und den besten Blogshops der Gegend.

Jeden Abend lasse ich alles, was er zu mir gesagt hat, noch mal im Kopf ablaufen und ordne es den Parks zu, in denen wir waren.

Pearl's Hill City Park: Meine Brüder banden mich mal an einen alten Weihnachtsbaum, und in der Nähe war ein Hornissennest. Wenn ich mich nicht selbst befreit hätte, wäre ich gestorben.

Toa Payoh Town Park: Wir gingen für einen Aufklärungseinsatz in den Wald. Wir hatten uns gegenseitig abwechselnd unsere wertvollsten Schätze gestohlen, im Dickicht versteckt und eine Schatzkarte angelegt. Mich hat eine Schlange gebissen, als ich meinen Nussknacker zurückholen wollte, und mein Bruder hat sich das Bein gebrochen, als er seinen T-Rex aus einem Baumwipfel holte.

Little Guilin: Wir hatten einen Flughund im Wald gesehen. Ich dachte an den Flughund, als ich oben vom Doppelstockbett runtersprang. Ich wollte den Holzrahmen des anderen Doppelstockbetts erreichen. Das Nächste, woran ich mich erinnern kann, ist, dass ich auf den Boden knallte und die Ecke von der antiken Kommode im Mund hatte. Meine Mutter kam rein, die Hände in die Hüften gestemmt, und wollte wissen, was los war. Meine Brüder blieben still, ich machte den Mund auf, um zu sagen: Nichts. Aber es quoll nur Blut raus, und fünf von meinen Milchzähnen purzelten wie verirrte Murmeln auf den Boden.

Clementi Woods

Er wartet unter meinem Hochhaus, neben dem gekachelten Tisch, an dem die alten Männer Schach spielen.

Hammer, sagt er. Bitte.

Ich gehe an ihm vorbei zum Aufzug, und er steigt mit mir ein.

Hammer, ich bin in drei Tagen weg.

Und?

Ich will nicht, dass es so zwischen uns ist. Können wir nicht wieder Freunde sein?

Ist das wichtig? Wir werden uns nie mehr wiedersehen.

Der leicht süßliche, leicht säuerliche Geruch von seinem Schweiß liegt in der Luft, und ich merke, wie ich ins Wanken gerate, als er sagt: Gehst du noch ein letztes Mal mit mir in einen Park?

East Coast Park

Die Meeresbrise klebt in unseren Gesichtern und schmeckt salzig. Vergebung ist nicht so schwer, wie wir glauben wollen, es ist vielmehr die Unmöglichkeit des Vergessens, die Angst macht. Der Bär sitzt zu meiner Linken, und wir sprechen so, wie wir immer gesprochen haben; wir bestellen *char kway teow, sambal stingray,* Austernomelette, *satay,* Calamansisaft und Tiger-Bier. Es ist nach Mitternacht, aber im Hawkercenter am Strand ist es voll, und wir sind beide ein wenig betrunken.

Kann ich dich was fragen?

Aber sicher.

Bist du dir sicher, dass du dir sicher bist?

Ja.

Bist du in Amerika ein Loser?

Er sieht zu mir, und ich frage mich, ob ich ihn verletzt habe.

Ich meine – ich finde nicht, dass du ein Loser bist! – aber als Kind hab ich hier so Sachen gelesen wie *Sweet Valley High,* und ich habe *Daswon's Creek* geschaut. Du bist kein Sportler, und ich bin kein Cheerleader. Also sind wir wohl Loser, oder?

Stimmt.

Wir sind beide still und sehen auf die leeren Radwege, und der Bär sagt: Ich wurde immer ausgelacht, weil ich ständig die Nase in einem Buch hatte und weil ich dick bin. Ich weiß nicht, wie schlimm sie einen hier mobben, aber glaub mir, wenn du ein Loser bist und die öffentliche Schule in Amerika überlebst, dann überlebst du alles. Das ist auf eine Art beruhigend.

Tut mir leid, dass ich gefragt hab.

Muss es nicht.

Wenn du mich fragst, ich finde immer noch, dass du ein toller Typ bist.

Er sieht zu mir rüber und lächelt. Hammer, du bist so ein Weichei.

Er bestellt uns noch eine Runde Bier – Eins für unterwegs!, ruft der Bär gut gelaunt – und einen Nachschlag von dem Austernomelette und dem *char kway teow*.

In Pennsylvania bekomme ich davon ja nichts mehr, sagt der Bär und pickt sich den Speck und die Bohnensprossen aus den fettigen Nudeln. Wie nennt man das Austernomelette noch mal?

Or luak. Was isst du denn zu Hause?

Wir sind berühmt für unsere Käsesandwiches und Hoagies, aber es sollte echt eine Ladung *or luak* geben.

Ich trinke mein drittes Bier und der Bär sein fünftes. Der Bär, jetzt ziemlich betrunken, sagt: Ich kann es nicht glauben, dass ich mich in Singapur nicht habe flachlegen lassen.

Der Bär sagt: Kannst du mich mit *der* Sorte Mädchen verkuppeln?

Er zeigt schamlos auf ein hellhäutiges chinesisches Mädchen zwei Plastiktische weiter: langes, künstlich verlängertes Haar mit goldenen Strähnchen, falsche Wimpern und dicker Eyeliner, üppiges Dekolleté, das aus dem schulterfreien Oberteil quillt, Hotpants so kurz, dass ich ihre Pobacken sehen kann, lange Beine in High Heels.

Das ist eine *ah lian*.

Ah lian? Er betont es lustig und schlägt mir auf den Rücken. Ihr seid ja so lustig. Ich wusste nicht, dass es einen Namen für solche Mädchen gibt. Das ist klasse.

Die *ah lian* dreht sich um, und auf der glatten Haut ihres entblößten Rückens ist ein großes *kwan-yin*-Tattoo. Sie hebt ihren Bierkrug, ihre Schulterblätter bewegen sich und kräuseln die bemalte Haut. Der Bär zeigt wieder auf sie.

Was hat sie da für ein Tattoo?

Das ist die buddhistische Göttin der Gnade.

Heißt das, sie ist religiös?

Nein, es heißt, sie ist in einer Gang.

Na ja, dazu würde ich nicht Nein sagen.

Sie kommt jetzt auf uns zu, mit drei identisch aussehenden Jungs in Muscleshirts und Baggy-Jeans und Flipflops, tätowierten Armen und weizenblond gefärbten Haaren – *ah bengs.* Der Bär weiß nicht, dass man nicht so auf Mädchen zeigt.

Sie spricht Mandarin.

Warum redet ihr beide über mich?

Wie kommst du darauf, dass wir über dich reden?

Erzähl keinen Scheiß – ich hab gesehen, wie er auf mich gezeigt hat.

Er hat gesagt, dass er dich ficken will.

Kaninachaocheebyenabei —

Die *ah lian* ohrfeigt mich, und die *ah bengs* stürzen sich wie ein Rudel Hunde auf den Bären.

Ich schlage nicht zurück. Ich richte meine Brille, und nachdem sie mir einen bösen Blick unter dem Mascara und den falschen Wimpern heraus zugeworfen hat, steht sie ohne Feindseligkeit neben mir. Wir beobachten beiläufig die Schlägerei, der Bär liegt auf dem Boden, und die *ah bengs* treten ihm ins Gesicht. Sie hören auf, als der *satay*-Verkäufer ruft: *Wa pat den wa hor* Polizei *liao, mai luan luan lai!* Sie zieht ihre hohen Schuhe aus, nimmt sie in die Hand, und sie rennen zum Parkplatz.

Sein Auge sieht aus wie eine Traube, die jemand platt getreten hat, und er stöhnt vor Schmerz.

Hammer.

Ja?

Das tut weh.

Ich weiß.

Ich helfe ihm auf, er ist schwer – wie es ein Bär sein sollte – und wir nehmen ein Taxi. Wir warten nicht auf die Polizei.

Im Taxi lehnt er seinen Kopf an meine Schulter. Im Radio läuft ein alberner chinesischer Gute-Laune-Song, auf den Teenagermädchen vor ein paar Jahren standen. Der Text geht so: *Ich liebe dich, liebe dich, wie eine Maus das Reiskorn.* Es hört sich auf Mandarin nicht halb so blöd an, wenn es der taiwanische Popstar mit süßlicher Stimme singt.

Unerklärlicherweise fängt der Bär an, an mir herumzufummeln. Ich halte ihn nicht zurück.

Als das Taxi vor seinem Wohnheim hält, greift er nach seinem Geldbeutel, um zu bezahlen, aber ich sage: Onkel, es geht noch eins weiter, um anzudeuten, dass ich nicht mit ihm aussteige. Der Bär stolpert mit seinem zerschlagenen Gesicht aus dem Taxi. Ich schließe die Tür, und der Taxifahrer fährt an.

Clementi Woods

Einmal, da prahlte ein Frosch, der in einem Brunnen wohnte, gegenüber einer Schildkröte, die im Meer lebte.

»Ich bin so glücklich!«, rief der Frosch. »Wenn ich ausgehe, springe ich auf der Brüstung um den Brunnen. Wenn ich nach Hause komme, ruhe ich mich in den Löchern in der Brunnenwand aus. Wenn ich ins Wasser springe, reicht es mir bis zu den Achseln, und ich kann auf dem Bauch herumtreiben. Wenn ich durch den Matsch laufe, bedeckt der meine Schwimmhäute an den Füßen. Ich sehe die zappelnden Würmer, Krebse und Kaulquappen, und sie alle können mir nicht das Wasser reichen. Ich bin der Herrscher dieses Brunnens, und darauf bin ich stolz. Mein Glück ist groß. Mein lieber Herr, warum kommen Sie nicht öfter und besuchen mich?«

Bevor die Schildkröte vom Meer ihren linken Fuß in den Brunnen heben konnte, blieb ihr rechtes Knie stecken. Sie zö-

gerte und zog sich zurück. Die Schildkröte erzählte dem Frosch vom Meer.

»Selbst eine Entfernung von tausend Meilen kann Ihnen keine Vorstellung davon geben, wie weit das Meer ist. Selbst eine Höhe von tausend Metern kann Ihnen seine Tiefe nicht beschreiben. Während der großen Überschwemmungen stieg das Wasser im Meer nicht an. Während der furchtbaren Dürren senkte sich das Wasser im Meer nicht ab. Das Meer verändert sich nicht im Laufe der Zeit, und sein Spiegel hebt oder senkt sich nicht mit der Menge an Regen, die fällt. Das größte Glück ist es, im Meer zu leben.«

Nachdem er zugehört hatte, war der Frosch aus dem flachen Brunnen angesichts seiner eigenen Bedeutungslosigkeit so erschrocken, dass er sich ganz unwohl fühlte.

In meinen Träumen sagt der Bär: Komm mit mir, ich ziehe dich aus brennenden Häusern. Ich fertige dir ein Kanu aus Holz, im Werkzeugschuppen meines Vaters. Diese chinesische Parabel erzähle ich dem Bären daraufhin, um ihm zu erklären, dass ich hier niemals weggehen kann, nicht weil ich meine Umgebung für die beste halte, sondern weil meine Umgebung zu mir geworden ist.

In meinen Träumen sagt der Bär traurig: Also wirst du niemals deine Insel verlassen?

In meinen Träumen antworte ich: Du kamst dem Verlassen am nächsten.

Sechs Monate nachdem der Bär weggegangen ist, bekomme ich ein Päckchen mit der Post, in braunes Papier eingepackt, mit einer weißen Schnur zugebunden.

Es ist ein Flapper-Kleid, und abgesehen von einer kleinen Verfärbung am Saum und ein paar fehlenden Perlen am Ausschnitt ist es der perfekte Roaring-Twenties-Traum. Wie könnte ich, ein einfaches asiatisches Mädchen auf einer feuchten Insel, jemals so etwas tragen?

Als ich das braune Papier zerknülle, fällt ein Foto heraus. Louise-Brooks-Haare, ein Glockenhut, eine lässige Silhouette, Kniestrümpfe. Sie hat seine Augen. Oder vielmehr, der Bär hat ihre Augen. Auf die Rückseite hat er geschrieben: *Ich finde es schade, dass wir nicht mehr in jeden Park auf deiner Insel gehen konnten.*

Das Kleid habe ich ganz hinten in meinen Schrank gestopft, aber ich kann nicht aufhören, daran zu denken.

Ich nehme das Bild von Bärs Großmutter mit zum Friseursalon in der Nachbarschaft und sage der Friseurin, dass ich das möchte. *Wah,* woher hast du dieses Foto?, will sie wissen und nimmt es mir mit langen auberginefarbenen Nägeln ab. Aus einem Fotoalbum von der Heilsarmee, sage ich.

Eh, *pantang*! Sie sagt das malaiische Wort für Pech und lässt das Foto in meinen Schoß fallen. Als sie nach dem Nylonumhang greift, den sie mir umlegen wird, sehe ich, wie sie ihre Hände zusammenlegt und auf den kleinen roten buddhistischen Altar in der Ecke richtet, auf die goldene Bodhisattva-Figur vor der Lotusblume.

Sie verhunzt den Haarschnitt vor meinen Augen, und ich lasse es geschehen. Sie zeigt mir die Rückansicht ihrer Arbeit mit einem großen, runden Spiegel und erzählt mir, dieser Bob mit den abfallenden Enden sei *sehr Mode jetzt ah Mädchen, Tante gibt dir Bestes*. Meine Hände, die das Foto von Bärs Flapper-Großmutter umklammern, werden weiß. Ich bezahle und gehe.

Als ich nach Hause komme, ziehe ich behutsam das Flapper-Kleid an, ganz vorsichtig, um mich nicht zu verhaken. Es passt traumhaft. Ich mache ein Polaroid – ein altes Polaroid, nicht die Fuji-Instax-Variante – von mir im Spiegel. Der Blitz verdeckt drei Viertel meines Gesichts, die Kamera das letzte Viertel.

Ich ziehe das Kleid aus, Shorts und T-Shirt an, nehme den Aufzug nach unten. Ich habe das Flapper-Kleid und das Foto von Bärs Großmutter dabei. Die große bunte Gebetstonne wird nicht benutzt, es ist kein besonderer buddhistischer oder taoistischer Tag. Ich lasse das Kleid und das Foto in die Gebetstonne fallen. Ich kaufe Streichhölzer in dem Laden neben dem Wohnblock, zünde alle Streichhölzer der Reihe nach an, lasse sie hineinfallen. Ich warte nicht darauf, dass es brennt. Zu Hause nehme ich das Polaroid und schreibe auf den Rand:

Wo soll ich hier noch einen Jungen finden, der versteht, dass ich mit einem gebrauchten 99-Cent-Ring heiraten will?

Als ich am nächsten Tag das adressierte und frankierte Polaroid in den Briefkasten werfe, muss ich denken: Wäre ich der Briefträger in Pennsylvania und würde an einem heißen Nachmittag kurz stehen bleiben und durchatmen und dann das Foto sehen, würde ich mich sofort in mich verlieben, für eine ganze Minute – den Stempel überprüfen: den ganzen weiten Weg von Singapur, wo ist das, am Südzipfel von China? –, bevor ich mich weiter auf meinen Weg mache, vorbei an verlassenen Straßen und dem blauen, blauen Himmel.

ZWEI MÖGLICHKEITEN, WIE MAN ES MACHEN KANN

Zurotul war für die Liebe geschaffen, nur war sie geboren, wo es keinen Platz für Liebe gab.

Sie war nicht mit dem Flugzeug hergekommen, sondern im Frachtraum eines Schiffs, weil es billiger war – sie hätte die Vermittlungsgebühr sonst sehr viel länger abbezahlen müssen. Sie hatte in einer Ecke gesessen und sich irgendwann in ihren eigenen Schoß übergeben; es hingen immer noch *tempeh*-Stückchen an ihrem Rock, dabei hatte sie ihr Bestes getan, um alles an einem Jutesack voller Knollen abzuwischen.

Sie war keine von denen, die sich nach dem Stadtleben sehnten, die sich darum bemühten, etwas Besseres, Größeres zu erreichen. Sie war am glücklichsten auf den Reisfeldern, und sie arbeitete härter als der alte Familienochse. Aber sie hatte im Fluss gebadet, als die vier Männer kamen, und als sie mit ihr fertig waren, lag sie nackt und gebraucht am Flussufer im Schlamm und zitterte unkontrolliert. Sie lachten, als sie fortgingen, und der letzte Mann drehte sich noch einmal kurz um und trat ihr zum Abschied in die Rippen.

Vortreten.

Eine Chinesin, die Bahasa Indonesia sprach, fragte sie nach ihrem Namen, maß und wog sie. Nach der Vergewaltigung hatte sie sehr viel Gewicht verloren. Die Frau warf einen prüfenden Blick auf die Waage und brummte, sie würde die Zahl auf dem Papier aufrunden – *zu schwer oder zu leicht, und sie denken, dass ihr Unmengen Reis esst. Und dann wollen sie euch nicht einstellen.* Man gab ihnen grasgrüne Poloshirts, die sie anziehen sollten. Auf der Rückseite stand *Happy Maid Employment Services Pte Ltd.* Direkt vor der Fassade der Agentur war ein Aufsteller mit dem Bild eines einheimischen Prominenten; er verkleidete sich für Talkshow-Sketche als Frau, drehte dümmliche Filme und, ganz neu, betrog seine Ehefrau. Er grinste. Er hatte den Arm um ein lächelndes Dienstmädchen in Schürze gelegt, den anderen hielt er sich vor die Brust, den Daumen hochgereckt.

Zurotul würde nie mehr nach Hause gehen – es gab kein Zuhause mehr. Als sie ihrem Vater erzählte, was geschehen war, verzog er keine Miene. Dann sagte er ihr, sie müsse den Vergewaltiger heiraten. Aber sie waren zu viert, sagte sie. Er strich sich über den Bart, während sie zu seinen Füßen saß, und sinnierte gereizt über die komplizierte Chronologie: Wie sollte der zukünftige Ehemann denn nun ermittelt werden? Ihre Mutter weinte still. In dieser Nacht packte Zurotul ein kleines Bündel und schlich sich vorm Morgengrauen davon. Sie widerstand dem Drang, die Hände ihrer schlafenden Mutter und ihrer fünf Geschwister zu küssen.

Manchmal erwachte sie im Schlafsaal, und sie roch die Wolke aus ranzigem Atem und billigem Palmwein, die über ihr hing. Dann rannte sie ins Bad, warf sich kaltes Wasser ins Gesicht, putzte die Zähne, bis ihr Zahnfleisch blutete, tat alles, um die Übelkeit zu lindern. Sie sah auf das Gesicht im Spiegel, berührte ihr Spiegelbild.

Manche Frauen wünschen sich während oder nach der Vergewaltigung, sie würden sterben. Zurotul war keine von ihnen. Selbst als sie sich an ihr abwechselten, von hinten nach vorne und wieder nach hinten, verwandelte sich in ihrem Kopf die hässliche Angst und wurde zu *Freude* darüber, dass sie ihr bisher nicht damit gedroht hatten, sie zu töten, und dass sie es aller Wahrscheinlichkeit nach überleben würde. Der Himmel war sehr schön in der Dämmerung, und sie merkte, dass sie sich damit trösten konnte. Sie hörte auf, die Männer zu kratzten, die sie brutal anfassten. Ihre Pupillen weiteten sich, und ihr war, als überkäme sie ein fast übernatürliches Seh- und Hörvermögen. Irgendwo stieß ein Vogel einen tiefen, heulenden Paarungsruf aus. Ihr Körper bewegte sich unter ihr, und sie wehrte sich nicht länger. Ihre Arme waren offen wie die der Madonna, ihr Blick auf den Himmel gerichtet.

Lächeln, ohne Zähne.

Es wurden Bilder von ihnen gemacht, die sich potenzielle Arbeitgeber ansehen konnten. Sie wurden angewiesen, knapp zu lächeln – nicht zu gesellig. Eins der Mädchen wollte nicht, dass man ein Bild von ihr machte, sie fürchtete sich vor der Kamera, als wäre sie ein Gewehr. Seelenfänger, murmelte sie jedes Mal auf Jawa Serang, wenn es blitzte.

Zurotul nahm die Hand des Mädchens und strich ihr über den Kopf. Das Mädchen hatte Läuse mitgebracht, und die Dienstmädchenagentur hatte ihr den Kopf geschoren, aus Angst davor, dass sich alle im Schlafsaal anstecken könnten. Der Bürstenschnitt unter Zurotuls Hand fühlte sich gut an. Schließlich konnte das Mädchen dazu überredet werden, ein Bild von sich machen zu lassen, und es schaffte sogar ein dünnes Lächeln in Zurotuls Richtung, die neben dem fetten Chinesen mit der Kamera stand.

Daraufhin klebte Wati an Zurotul wie eine Seepocke und quatschte den ganzen Tag über ihr Dorf und ihre Familie und ihre Ängste. Wati war jung. Sie hatte noch nie was mit Männern gehabt. Sie kletterte nachts in Zurotuls Koje und klammerte sich in aufrichtiger Unschuld an sie.

Nach sechs Nächten sagte Zurotul in sanftem Jawa Serang: Wati, du weißt schon, dass das nicht immer so weitergehen kann, oder?

Was denn?

Mit dem Platz in meinem Bett. Mit mir.

Wati, die nichts wusste, fand Zurotul grausam und schimpfte mit ihr, bevor sie in Tränen ausbrach und zurück in ihre eigene Koje kroch.

Zurotuls erster Reflex war, Wati in deren Bett zu folgen, um das Mädchen zu trösten, dessen Bürstenschnitt dabei war, zu dichten Löckchen herauszuwachsen, was hübsch aussah. Dann dachte sie an das Leben, das vor ihr lag, und es erschien ihr fast schon dreist, irgendwelche Bindungen in Betracht zu ziehen. Warum sollte sie jetzt damit anfangen? Sie war nun ein Dienstmädchen. Sie würde Hausarbeit erledigen – hinter jemandem aufräumen, sauber machen – aber Liebe war nicht zu erwarten. Die Vermittler hatten es klar gesagt: Kein Freund, sonst wirst du zurückgeschickt. Kein Handy, es sei denn, die Dame oder der Herr des Hauses erlauben es.

In dem Dorf hatte sie ein paar Freundinnen gehabt, die wie Hühner über jeden Unsinn gegackert hatten, und sie hatte mit ihren Geschwistern mit Baumwollkapseln und Sandelholzbaumsamen und Zweigen und Hanfseilen gespielt. Sie war immer diejenige, die zugehört hatte, immer diejenige, die das Seil schwingen ließ, ohne selbst zu springen. Manchmal, wenn sie darüber nachdachte, erschien es ihr *plausibel*, dass man sie vergewaltigt hatte – jemand brauchte etwas, und sie hatte es geben können. Sie fragte sich, was gewesen wäre, wenn nur *ein* Mann sie vergewaltigt und ihr Vater entsprechend auf eine Ehe gedrängt hätte, ob sie seinem Wunsch nachgekommen wäre? Sie glaubte, dass sie das getan hätte, und dann versuchte sie, den aufschäumenden Gedanken zu unterdrücken, denn wenn er überquoll, folgte die Frage – hätte sie gelernt, ihren Vergewaltiger zu lieben?

So wiegt man ein Baby.

Absurderweise hatte man ihnen nackte Babypuppen aus billigem Plastik gegeben, pfirsichfarben und mit falschen Wimpern, die sich flatternd über der bunten Iris schlossen, wenn man sie in einem bestimmten Winkel hielt.

Zurotul hielt geduldig die federleichte Imitation eines Kindes im Arm und erinnerte sich voller Liebe an ihre jüngere Schwester, als diese noch ein Baby war, wie sie ihr mit einem getrockneten Bananenblatt Luft zugefächelt hatte, damit ihr nicht zu warm wurde, wie ihre Schwester versucht hatte, ihre Brustwarzen zu finden, wenn sie sie vor der Brust trug. Hochmütig stand Wati ein Stück von ihr entfernt und hielt die Puppe ungeschickt im Arm. Die Chinesin ging mit einem Klemmbrett herum, korrigierte die Krümmung ihrer Ellenbogen und Handgelenke, um die Puppe bestmöglich zu stützen.

Bald waren sie oberflächlich in häuslichen Pflichten bewandert – bügeln, Wasser kochen, staubsaugen, Waschbecken mit dem Schwamm säubern, langärmelige Hemden falten – und beherrschten grundlegende englische Sätze: Guten Morgen, Sir, guten Morgen Ma'am, Entschuldigung, ja, ich esse kein Schweinefleisch, ich verstehe nicht, könnten Sie es mir noch einmal erklären, ich verstehe, Entschuldigung, Entschuldigung. Dann trieb man die Mädchen zusammen und setzte sie ordentlich aufgereiht auf die mit Kunstleder bezogenen Bänke im Empfangsbereich der Agentur, wo ihr Aussehen Anklang bei zukünftigen Arbeitgebern finden sollte.

Die Frau ging direkt vor dem Mann herein – tatsächlich hielt sie seine Hand – aber Zurotul sah nur den Mann. Hätte sie die Frau gesehen, ihr wäre der überhebliche Schwung der Lippen aufgefallen, die perfekte kastanienfarbene Dauerwelle, bei der kein dunkler Ansatz zu sehen war.

Aber sie sah nur den Mann, der ihre Fähigkeit zu lieben anrührte, die sie schon immer, immer in sich getragen hatte. Sein Gesicht war unscheinbar, etwas pferdeartig, aber in dem Meer aus rasengrünen Poloshirts hatte sich sein Blick sofort mit ihrem getroffen, und ohne erkenntlichen Grund schenkte er ihr ein gewinnendes Lächeln. Seine Zähne waren groß und gelb, aber es war die entschlossene Großmut des Lächelns, die sie blendete, mit sich in die Tiefe riss, in Gewässer, von denen sie glaubte, sie wären für immer beruhigt – wie die gelassene Stille des Flusses, als sie vergewaltigt wurde. Es war das Lächeln, das man der zurückkehrenden Geliebten schenkt oder dem Kind in der Ankunftshalle eines Flughafens nach langer Abwesenheit. Sie hielt den Atem an, als er die anderen im Raum begutachtete, als sich seine Frau auf den Hocker vor dem Tresen setzte – er bedachte die anderen Dienstmädchen nur mit einem schweifenden, flüchtigen Blick; ein Lächeln widmete er ihnen nicht.

Sie gingen zusammen die Papiere der Mädchen durch. An den Bewegungen des Kinns der Frau und am Gesichtsausdruck der Vermittlerin konnte Zurotul sehen, dass sie schwierige Fragen stellte. Der Mann wirkte geduldig. Nach zwanzig Minuten rief die Vermittlerin die Namen: Wati. Zurotul.

Watis Haare waren gewachsen und bauschten sich um ihren Kopf wie bei einem südostasiatischen Botticelli-Engelchen. Zurotul ertappte sich dabei, wie sie das Gummiband überprüfte, das ihre eigenen Haare zusammenhielt. Die Ehefrau umkreiste sie skeptisch, stellte der Vermittlerin Fragen auf Englisch. Der Ehemann war etwas zurückhaltender, wie es schien, vielleicht aus so etwas wie Anstand, der besagte, dass sie – die zukünftigen Dienstmädchen – Menschen waren und keine Früchte oder Vieh, das es zu inspizieren galt, und dafür war Zurotul dankbar. Zu schnell schoss ihr der Gedanke durch den Kopf, dass sie bereit war, alles für diesen Mann zu tun. Sie stellte sich die große und einfache Freude vor, die sie empfinden würde, seine ausgetretenen Schlappen neben dem Bett anzuheben und darunter zu wischen; passende Socken herauszusuchen und auf die Lederschuhe zu legen, die sie abends zuvor auf Hochglanz poliert haben würde.

Die Frau wandte sich zu ihrem Ehemann und fragte: Und?

Der Ehemann deutete mit der Hand – und nicht mit einem Finger – auf seine Wahl: Zurotul. Wati war dazu übergegangen, die Hände leicht auf die Hüften zu legen, als wäre dies eine Art Schönheitswettbewerb. Zurotul ließ ihre Arme an den Seiten herabhängen und lächelte nervös den Ehemann an.

Die Ehefrau sagte: Nun, ich hätte lieber die andere. Sie zeigte mit einem manikürten Zeigefinger auf Wati. Der Ehemann öffnete den Mund, um nach dem Grund zu fragen, und Zurotul sah die großen Zähne. Die Ehefrau verschränkte die Arme und neigte den Kopf.

Sie sieht frischer aus. Die da sieht gebraucht aus.

Ma'am, alle diese Haushaltshilfen sind neu, sagte die Vermittlerin schnell. Sie kommen direkt aus Westjava, wir bilden sie vor Ort aus.

Die Frau verdrehte die Augen.

Ich meinte das nicht wörtlich. Ich mag sie einfach nicht.

Zurotul konnte nicht verstehen, was gesagt wurde, und ihre Nägel gruben sich in ihre Oberschenkel. Sie sah zu Wati, deren Hände immer noch auf den Hüften lagen.

Die Ehefrau und die Vermittlerin wandten sich erwartungsvoll dem Ehemann zu. Ganz wie du meinst, Liebes, sagte er. Die Ehefrau kehrte den zukünftigen Dienstmädchen den Rücken zu und setzte sich zufrieden wieder auf den Hocker. Der Mann sah Zurotul einen Moment lang an. Sie hatte diesen Blick schon einmal gesehen, aber sie wusste nicht mehr, wo.

Der Ehemann und die Ehefrau unterschrieben etwas. Weder Zurotul noch Wati konnten eindeutig erkennen, wie die Entscheidung ausgefallen war, bis die Vermittlerin zu Wati sagte, sie solle ihre Sachen zusammenpacken. Später beim Abendessen schritt Wati durch die überfüllte hintere Küche wie die Königin des Abschlussballs. Die nicht erwählten Dienstmädchen gratulierten ihr, umarmten sie der Reihe nach und flüsterten ihr gute Wünsche ins Ohr.

Zurotul war für die Liebe geschaffen, aber sie war auch eine geborene Verliererin. Sie war nicht überrascht, dass sie nicht ausgewählt worden war; aber sie war überrascht, dass sie immer noch den Drang verspürte, etwas zu wollen. Sie hatte gespürt, wie alles irdische Verlangen aus ihr herausgeflossen war – vom Herzen durch ihre Glieder in die Erde, und irgendwann, das wusste sie, war es schließlich in den Fluss gesickert – während man sie vergewaltigt hatte. Als die Dämmerung in einen klaren, feuchten Morgen überging und sie stundenlang regungslos dagelegen hatte, wusste sie, was es bedeutete, ein Gefäß zu sein. Von nun an würde das Leben leicht sein, weil sie nun erfahren hatte, was Leere war. Dafür gaben Mönche im Theravada Buddhismus das Reden auf. Deshalb hielten Hindu-Asketen zehn Jahre lang einen Arm in die Luft und ließen ihn verkümmern. Die fromme Erhabenheit kam über Zurotul durch blanke Entehrung – nicht durch die Entehrung an und für sich, aber durch die Wahrheit, dass sie, nachdem ihr das

Schmerzhafteste und Erniedrigendste der Welt widerfahren war, *immer noch da war;* die Erleuchtung kam nicht durch Selbstkultivierung, nicht durch andächtige Meditation, sondern durch ein Gelegenheitsverbrechen, das die vier Männer vermutlich schon längst wieder vergessen hatten und für das niemand in ihrem Dorf jemals bestraft werden würde.

Damit das klar ist – sie hatte nicht den Mann gewollt, nicht sein Lächeln. Sie hatte für ihn *nützlich sein* wollen. Es war nicht klar, ob Zurotul selbst solche Unterscheidungen treffen konnte, ob sie solche Unterscheidungen treffen *würde*. Für Zurotul bedeutete Liebe immer noch überwältigende Leidenschaft und Hingabe. Ihre Liebe war aufrichtig, aber nicht dumm, sie war leicht, aber nicht leichtfertig. Nicht alle Mädchen aus dem Dorf waren so, aber Zurotul war etwas Besonderes. Es reichte ein gut platziertes Lächeln, und sie gehörte einem bis in alle Ewigkeit; das Tragische daran war, dass man es möglicherweise niemals erfuhr.

Nachdem Wati gegangen war, wurden einige der Dienstmädchen, darunter Zurotul, ausgewählt, um eine Zusatzausbildung in der täglichen Pflege von alten und bettlägerigen Menschen zu erhalten. Es war noch nicht lange her, da hatte der Eigentümer der Agentur von dem bevorstehenden silbernen Tsunami in der Zeitung gelesen – er fand diese Bezeichnung für die ältere Bevölkerung ziemlich melodramatisch – aber er versuchte, frühzeitig die Nische mit Happy Maid Employment Services Pte Ltd zu besetzen.

So säubert man den Bettlägerigen den schmutzigen Hintern.

Es war eine geschlechtsneutrale Puppe, die Sorte, mit der beim Roten Kreuz Wiederbelebungsmaßnahmen geübt werden, und man hatte den strapazierfähigen Elastomer-

Hintern mit etwas Braunem und Breiigem beschmiert, aber es roch nicht. Zurotul erinnerte sich an den heftigen Gestank der von der Schlafkrankheit geplagten Dorfhexe, die in dem von Dickicht verborgenen Schrein am westlichen Rand des Dorfs gelebt hatte. Man konnte sie bereits aus einer Meile Entfernung riechen, und weil sich ihr niemals jemand näherte, wuchsen der Dorfhexe in ihrer Abgeschiedenheit mystische Fähigkeiten. Ihr Zauber war von der Sorte, der ungenutzt blieb – weder sagte sie Dürren oder gute Ernten vorher, noch verteilte sie Gifte oder Heilmittel.

Kurz bevor sie das Dorf verließ, um in die Stadt zu gehen, regte sich in Zurotul der Wunsch, der Dorfhexe einen Besuch abzustatten. Sie kämpfte sich durch das dichte Gestrüpp. Plötzlich bemerkte sie eine Königskobra zwei Fuß vor sich, gerade als die klapprige Hütte sichtbar wurde. Die Schlange erhob sich und richtete ihre Haube auf. Zurotul ließ sich auf die Knie fallen und senkte den Kopf, wie ihre Mutter es ihr als Kind beigebracht hatte. Als sie den Blick hob, war die Kobra verschwunden.

Sie betrat die Hütte, und der Gestank war unvorstellbar, selbst für jemanden wie Zurotul, die in einem Fluss badete, in den ein anderes Dorf weiter flussaufwärts hineinkotete.

Sie stand es durch, ohne sich die Hand unter die Nase zu halten – das erschien ihr als unhöflich. Die Dorfhexe lag auf einer faulenden Holzplanke auf dem Boden, teilweise in ihren eigenen Exkrementen. Sie lag im Sterben. An ihren Beinen waren eitrige Wunden, auf denen schwarze Fliegen saßen.

Du bist gekommen, sagte die Dorfhexe mit geschlossenen Augen.

Zurotul versuchte, nicht zu weinen. Sie wünschte, das Dorf hätte sich ein Pflegesystem für die alte Frau überlegt, oder dass sich jemand bereit erklärt hätte, nach ihr zu sehen. Sie kniete sich hin und nahm die Hand der alten Frau, sie war schon kalt.

Es tut mir leid, sagte sie.

Muss es nicht, sagte die Alte und schenkte ihr ein zahnloses Lächeln. *Ich bin froh, dass du gekommen bist.*

Woher wusstest du, dass ich kommen würde?

Ich wusste es seit dem Tag deiner Geburt, sagte die Alte und drückte schwach ihre Hand. *Menstruationsblut bei Vollmond wird sein Herz erobern.*

Sie würde sich nie daran erinnern, aber hier hatte sie den Blick des Ehemanns schon mal gesehen: Es war der Ausdruck auf dem Gesicht der Dorfhexe, als sie starb. Zurotul hatte die sterbende Alte nicht vergessen, es war nur so, dass die beiden – der chinesische Ehemann und die Dorfhexe – so weit voneinander entfernt zu sein schienen, dass sie niemals auf die Idee gekommen wäre, einen Zusammenhang herzustellen. In beiden Gesichtern war zu lesen: *Ich habe es nicht mehr in den Händen; ich habe das Leben nicht mehr in den Händen.*

Es gab etwas, das niemand Zurotul erzählt hatte. Als sie geboren wurde, war die Dorfhexe an den primitiven, aus Ästen geflochtenen Außenwänden des Langhauses ihrer Familie vorbeigekommen und hatte nach etwas zu trinken verlangt. Weil sie keine Zähne hatte – ihr Mund war ein kleines, trauriges schwarzes Loch – und weil ihr Atem entsetzlich stank, hatte Zurotuls ältere Schwester, damals sieben Jahre alt und unerfahren in den unterschwelligen Dorfhierarchien, vor Angst geschrien und war davongerannt.

Die Alte war entzückt, als das arglose Mädchen davonsprang wie in einem Willkommenstanz. Sie spuckte auf den Boden – ihre Spucke hatte die beunruhigende Farbe von Sauerampfer –, grinste in den davoneilenden Rücken des

Mädchens, hob ihren abgewetzten Rock und stieg die drei Stufen zum Langhaus hinauf, wo Zurotuls Mutter gerade einen letzten, nicht medikamentierten Stoß mit dem Becken vollbrachte und Zurotul herausgepresste, ein Häufchen aus Fleisch, Knochen, Haut und Körperflüssigkeiten.

Es muss verstörend für eine einfache Dorffrau gewesen sein – frisch aus den Wehen, der Schmerz brannte noch, die Vagina weit offen, die Schwester hatte gerade die Nabelschnur, die sie und das Baby verband, durchtrennt – als die Dorfhexe, von deren eigenwilliger Beschäftigung mit schwarzer Magie jeder wusste, zwischen ihren Beinen in ihrem Blickfeld auftauchte. Dem folgte die Forderung nach der Plazenta des Neugeborenen, die ihr der überrumpelte Ehemann überreichte, und der augenblickliche Verzehr des blutigen Klumpens, der ein Dreivierteljahr lang eine versteckte Masse in ihrem Innern gewesen war.

Der schmatzende Laut der Lippen – schließlich hatte die Alte keine Zähne mehr – und das Blut an ihren Händen, als sie sich Mutter und Neugeborenem näherte. Sie hob die Hand, die Mutter zuckte zurück, die Worte fielen von den Lippen der Dorfhexe:

Sie wird für die Liebe geschaffen sein.

LIEBE IST KEINE GROSSE WAHRHEIT

1.

Es gibt auf der ganzen Welt kein *Ich kann ohne dich nicht leben; du kannst ohne mich nicht leben*. Die Erde dreht sich. Zeit vergeht. Reis wird gegessen. Wer kann das widerlegen?

Er verließ mich ein Jahr nach dem Unfall, durch den mein Gesicht entstellt worden war. Ein Stadtbus hatte mich an einer Bushaltestelle gegenüber dem Frischemarkt gerammt. Die Hähnchenstücke und das Gemüse fielen aus meiner roten Plastiktasche auf den Boden, das Letzte, was ich sah, waren die Tomaten, die auf die Straße rollten und sich schnell in roten Brei unter Autoreifen verwandelten.

Als ich nach der Operation im Krankenhaus aufwachte, sagte er als Erstes zu mir: *Warum hast du nicht aufgepasst?*

Ich wusste, dass er damit nicht meinte: *Ich hätte dich verlieren können.* Was er damit meinte, war, wie viel ihn das alles kosten würde, die Operation und der Krankenhausaufenthalt.

2.

Nein, unsere Generation lässt sich nicht scheiden. Wir sind die Generation, die zurechtkommt, die den Krieg erlebt hat. Wir aßen drei Mal am Tag Süßkartoffeln, und das auch nur, wenn wir Glück hatten. Als ich meiner Tochter vor Jahren davon erzählte – sie beschwerte sich darüber, wie ich koche, zu fade –, sagte sie: Wenn ich drei Mal am Tag Süßkartoffeln essen müsste, würde ich sterben.

Selbst wenn man also nicht mehr zurechtkommt – er sagte schließlich zu mir: Ich krieg *davon* keinen mehr hoch, damit meinte er mein entstelltes Gesicht –, lässt man die Oberfläche intakt, selbst wenn man sich ganz tief unten durch die Erde wühlt. Er sagte es, als wäre ich diejenige, die sexuelle Befriedigung suchte.

Auf dem Papier sind wir noch immer verheiratet. Er hatte nicht einmal den Anstand auszuziehen, selbst als er sie mit nach Hause brachte. Sie hatte die besten Jahre hinter sich; dickes Make-up über Falten, glänzender Pulli über Speckröllchen, Sichuan-Akzent. Er hatte nicht genug Geld, um jüngere Frauen für sich zu interessieren. Und er schaffte es auch nur, sie zu bekommen, weil er sich in dem Jahr seine ganzen Ersparnisse aus der Altersvorsorge auf einmal auszahlen ließ.

Am Ende war ich es, die auszog, um mir und meiner Tochter noch etwas Würde zu bewahren. Diese Frau hängte ihre dreckige rote Spitzenunterwäsche ins Gemeinschaftsklo. Trank den Tee, den ich gemacht hatte. Benutzte den angeschlagenen Blümchenbecher meiner Tochter.

3.

Ich nicht mehr.

Er ist mein einziger Sexualpartner gewesen. Ich weiß nicht, ob es bei ihm auch so war. Ich war achtzehn, als wir heirateten.

Ich hatte noch nie einen Orgasmus. Vor meiner Menopause war er noch nicht so lästig, der Sex. Wir betrachteten es als Teil der Pflichten einer Ehefrau ihrem Mann gegenüber – oder nicht? Vielleicht verstehe ich es nicht, weil ich nie einen Orgasmus hatte. Was man nicht kennt, vermisst man nicht.

Nein, ich würde mich nie selbst berühren. Nein, ich bin darauf nicht neugierig, jedenfalls nicht jetzt. Und vorher betrachtete ich es immer als etwas Schändliches – aber wir mussten es tun, um auf Kurs zu bleiben. Man musste es für den Ehemann tun. Immer für jemand anderen.

Ich hatte vorher noch nicht einmal seine Hand gehalten. Ich weiß nicht, was in meinem Kopf vor sich ging in dieser ersten Nacht. Das Einzige, woran ich mich erinnere: Es tat weh, aber ich blutete nicht. Er war besorgt – er fragte mich, ob ich mir sicher sei, dass ich Jungfrau war, und ich sagte, *Himmel, ja.* Er wollte, dass ich es bei der Ehre meiner Familie und der Seele meiner verstorbenen Mutter schwor. Ich wollte ihn schlagen, aber dann schwor ich doch, weil ich dachte, wenn wir es gleich am Anfang vermasseln, wird es schwer zusammenzuleben. Stolz lässt sich leicht herunterschlucken, wenn man die Möglichkeiten gegeneinander abwägt. Ich war schon immer sehr besonnen.

Eine Vorbereitung gab es nicht. Im nächsten Jahr ein Baby herauszupressen kam vollkommen unerwartet, selbst nach neun Monaten Schwangerschaft. Nicht zu wissen, wie man sich darum kümmern sollte. Es heißt, Mutterschaft ist etwas Instinktives. Ich halte das für eine Lüge. Aber wenn man es lange genug wiederholt, fangen alle Frauen an, es zu glauben, und schaffen es, sich um das strampelnde, schreiende Ding zu kümmern, das aus ihnen herausgekommen ist.

Als meine Tochter jung war, sahen wir uns an einem Wochenende nachmittags einen Hongkee-Film im Fernsehen an. Der Film hieß *Kangaroo Man.* Die Hauptfigur trug ein Baby in einem Beutel an seinem Bein aus. Als die Handlung klar wurde, griff mein Ehemann nach der Fernbedienung und schaltete den Fernseher aus. Ich sagte: Das ist nur ein Film. Er sagte, der Film sei respektlos und dass er unserer Tochter die falschen Werte vermitteln würde. Wir stritten nicht. Wir saßen nur still da und starrten eine Weile auf den schwarzen Bildschirm, während wir alle immer noch an den *Kangaroo Man* dachten.

Als asiatische Ehefrau lernt man, den Mund zu halten. Der Ehemann hat immer recht – es lohnt nicht zu streiten. Manchmal, wenn ich ein bisschen die Nerven verlor und Widerworte gab, sagte er: Wer bringt den Reis auf den Tisch? Halt gefälligst die Fresse. Vielleicht ist es jetzt anders, weil die Frauen ebenfalls arbeiten. Ich weiß es nicht – ist es anders?

4.

Ich sah ihn zum letzten Mal bei der Hochzeit unserer Tochter. Das war vor ungefähr fünf Jahren – zwei Jahre nach dem Unfall, ein Jahr nachdem er mich verlassen hatte. Wir saßen nebeneinander, weil wir niemandem, schon gar nicht den Schwiegereltern, von unserer Trennung erzählt hatten – warum sollten wir es unserem Kind schwer machen? Ich wischte die schlechten Gefühle lieber weg, wie ein Schwamm das Schweineschmalz.

Wir sprachen nicht miteinander, lächelten nur gleichzeitig nett – obgleich ein wenig steif –, wenn es drauf ankam. Sein Haaransatz war noch lichter geworden, und als die Haifischflossensuppe in kleinen Porzellanschüsseln serviert wurde, schraubte er etwas unter dem Tisch auf. Als alle anderen den größten Lärm machten, zog er die Schüssel zu sich und leerte seine unangetastete Suppe in eine kleine Thermoskanne.

Ich sah ihn an.

Das ist für sie, erklärte er, sein raues Gesicht wurde ein wenig rot. Sie war nicht so glücklich darüber, dass ich mit dir hergehen würde. Sie sagte, ich muss ihr die Haifischflossensuppe mitbringen.

Als er die Thermoskanne in seine Tasche packte, konnte ich nicht aufhören zu lachen. Ich hatte noch nie in meinem ganzen Leben so sehr gelacht. Ich war immer zurückhaltend, doch etwas in mir löste sich jetzt. Unsere Mitschwäger wandten sich mir verwirrt zu.

Was ist so lustig?, fragte der Schwiegervater meiner Tochter freundlich. Er sah von mir zu meinem Ehemann.

Männer, schaffte ich es durch mein Gelächter. *Frauen.*

Als ich nach Hause kam, legte ich mich ins Bett, ohne mich abzuschminken oder mein Festtagskleid auszuziehen, und fing an zu schluchzen. Wurde der Scheißkerl mit dem Alter milde? Er hätte so etwas nie für mich getan, nicht einmal, als wir noch jung waren. Andererseits hatte er auch nie um mich werben müssen.

Nein, es war keine Eifersucht, weil Eifersucht Liebe ist, und selbst damals war ich sicher, dass ich keine Gefühle mehr für ihn hatte – falls ich überhaupt jemals welche für ihn gehabt hatte. Kameradschaft über die Zeit, vermute ich, aber keine Liebe, das nicht.

Es war Konkurrenz.

Sport.

5.

Wir wuchsen in derselben Gasse auf. Wir besuchten dieselbe chinesische Schule, und wir hörten beide nach dem zweiten Jahr an der Sekundarstufe auf, ich, um zu Hause zu helfen, er, um sich um den Gemüseladen seines Vaters am Markt zu kümmern. Nachbarn, Klassenkameraden, gelegentlich Spielkameraden. Das waren die einzigen Gründe, warum wir heirateten – Nachbarschaft und verrinnende Zeit –, und zu der Zeit waren es gute Gründe. Ist das nicht zum Lachen? Mein Onkel – der mich aufzog, nachdem meine Eltern gestorben waren – sagte, wir würden zu viel Zeit miteinander verbringen und dass ich in den Augen anderer künftiger Verehrer bereits an Wert verloren hätte.

Die Heirat wurde bei einem Dim-Sum-Abendessen in der Innenstadt entschieden. Weder er noch ich waren anwesend. Zum Essen auszugehen war kostspielig für *kampung*-Bewohner wie uns, aber es war notwendig: Beide Seiten wollten zeigen, dass sie es sich leisten konnten.

Ein Kalender wurde zur Hand genommen, ein Datum festgelegt. Mein Onkel und sein Vater schüttelten die Hände, als besiegelten sie einen günstigen Tauschhandel. Wäre meine Mutter noch am Leben gewesen, hätten sich beide Mütter zurückhaltend angelächelt, dabei an die Hausarbeit gedacht. Seine Mutter: Jetzt habe ich eine Schwiegertochter, die mir das Haus sauber hält. Meine Mutter: Jetzt muss ich das Haus selbst sauber halten.

6.

Romantik gehörte nicht dazu.

Und das Lustige war, dass uns dieser Mangel gar nicht seltsam vorkam. Wenn ich sage *uns*, wenn ich sage *wir*, dann spreche ich, wie ich denke, für sehr viele Frauen in meinem Alter. Los, fragt sie.

Romantik war nur dieser Kram aus Filmen.

Wir bezahlten fünfzig Cent jeden Monat, um zu sehen, wie etwas zwischen Lin Dai und Kwan Shan auf der großen Leinwand geschehen würde; wenn wir es uns leisten konnten, jede Woche. Wir knoteten Taschentücher an die Sitze, um zu zeigen, dass sie besetzt waren, wenn wir rausgingen und uns *kacang putih* holten.

Wir gingen nie mit unseren Ehemännern. Wir gingen allein. Es war weibliche Verbundenheit, mehr als alles andere. Wir waren eigenständige Wesen, aber wir seufzten an denselben Stellen, lachten an denselben Stellen, weinten an denselben Stellen. Wenn der Abspann durch war, konnte man im Dämmerlicht den Blick einer anderen Frau suchen und darin Verständnis finden und sich weniger einsam fühlen.

Ich habe nie etwas von der Welt gesehen, nie etwas anderes kennengelernt, alles, was ich weiß, kommt von den Filmen. Sie waren mein Trost, meine Selbstaufwertung über die Jahrzehnte. Von fünfzig Cent zu acht Dollar, von *kacang putih* zu Popcorn. Als ich fünfundfünfzig wurde, Freude: halber Eintritt für Senioren. Einmal im Jahr bitte ich meine Tochter, mir mit dem Computer zu helfen, mit dem Internet, mich beim Kauf einer DVD-Box von einem meiner Lieblingsregisseure zu unterstützen. Diese Boxen sind mein ganzer Stolz. Ich staube sie jeden Tag ab – Tsai Ming-Liang, Zhang Yi Mou, Hou Hsiao-Hsien. Manchmal kostet das Porto mehr als die Box, und ich überlege wochenlang, ob ich sie mir wirklich leisten soll. Wenn ich sie noch einmal bitte, mir dabei zu helfen, eine Box wiederzufinden, ist meine Tochter sehr verärgert. Ich spare auf diese Boxen. Ich benutze nur ein Blatt Toilettenpapier, wenn ich aufs Klo muss. Ich gehe zu Fuß vom Markt zurück, statt den Bus zu nehmen. Es läppert sich.

Ich weine fast jedes Mal, wenn ich mir die Filme ansehe. Manchmal bin ich mir nicht so ganz sicher, ob ich den Film wirklich verstanden habe, aber es bleibt immer etwas hängen. Ich habe so viel von den Filmen gelernt, von Eloquenz bis Verbitterung. Blumige Ausdrücke der Liebe und Tragödie auf Chinesisch, poetische Monologe, die sich für eine Frau wie mich nicht gehören. Die Standbesitzerinnen auf dem Markt necken mich, halb im Spaß, halb in Bewunderung, sie sagen, ich spreche wie eine Gelehrte. Ich antworte in einem scherzhaften Tonfall, damit sie mich nicht für hochmütig halten: Wer weiß? Die Möglichkeiten, die wir zu unserer Zeit hatten, haben unser Schicksal übers Ohr gehauen. Vielleicht wärst du eine Philosophin, sagt die Frau vom Gemüsestand und legt eine zusätzliche Karotte in meine Tasche. Wie Konfuzius. Seit meinem Unfall gibt sie mir immer etwas extra – eine Tomate hier, eine Karotte dort, Brunnenkresse. Ich will ihr sagen, dass es sich läppert. Konfuzius glaubte, dass der Platz der Frauen unter den Männern ist, sage ich. Unser Schicksal im Leben, sagt sie, schüttelt den Kopf. Ich sage dir, im nächsten Leben will ich als Mann geboren werden.

7.

Fühle ich mich einsam?

Jeden einzelnen Tag.

Vor nicht allzu langer Zeit versuchte ich, den Blick von jedem älteren Mann auf mich zu ziehen. Auf dem *void deck*, im Supermarkt, im benachbarten Park. Ich wollte wieder jemanden im meinem Leben. Nach langer Zeit, eines Tages, erwiderte jemand den Blick. In dem Moment, als sich unsere Blicke trafen, fühlte ich eine niederschmetternde Müdigkeit in den Knochen. Als er von der Parkbank aufstand und auf mich zuging, lief ich weg.

Eine Beziehung bedeutet Entkräftung. Gefangenschaft. Ich habe keine Energie für diese Möglichkeit. Liebe ist keine große Wahrheit.

Es gab eine Zeit, in der ich so viel im Bett lag, dass ich tagelang vergaß zu baden. Ich vergaß zu essen. Meine Tochter besuchte mich immer mal – sie lebt bei ihren Schwiegereltern, sie haben ein Reihenhaus – und sie wedelte sich mit der Hand vor der Nase herum, wenn sie mit mir sprach, bat mich, die Reisgerichte zu essen, die sie für mich gekauft hatte. Sie fing an, Englisch mit mir zu sprechen, obwohl wir uns immer auf Mandarin unterhalten hatten, obwohl sie wusste, dass ich kaum eine Handvoll englischer Wörter kannte. Aber sie ging immer nach ein paar Stunden. Auch wenn ich nicht gegessen hatte, auch wenn ich nicht gebadet hatte.

Nach einer Weile fing ich an, immer zu baden und zu essen, wenn sie kam. Nicht damit sie sich besser fühlte, sondern damit ich mich besser fühlte. Wäre die Situation umgekehrt gewesen, ich wäre nie gegangen. Ich hätte dafür gesorgt, dass es ihr besser geht. Man hätte mich von ihrem Bett wegtragen müssen.

Ich gab mein Bett weg. Depression ist leicht, wenn man ein Bett hat.

Jetzt geht es mir gut. Auf dem Boden kann man gut schlafen.

8.

Wirkt das jetzt seltsam, dass ich als Kind dachte, man könnte an einem gebrochenen Herzen sterben?

Ich hatte nie gesehen, dass meine Eltern miteinander gesprochen hätten außer zum Essen. Meine Mutter sagte dann: Essen ist fertig. Mein Vater grunzte. Dann aßen wir. Ich dachte, meine Mutter müsse meinen Vater hassen, aber als er starb, sprang sie in seinen Sarg.

Es war am Abend seiner Beerdigung, während wir die Rituale mit dem Priester durchliefen. Drei Onkel mussten kommen, um sie dort herauszuziehen. Ihre Fingernägel hinterließen innen im Holz Spuren, und sie verschmierte die Schminke meines Vaters – das hautfarbene Make-up, das der Bestatter aufträgt, die Lippenfarbe.

Meine Onkel fanden sie drei Tage später im Fluss. Danach hieß es: Dies ist eine Frau, die ihren Ehemann *so sehr* liebte. In Wahrheit hatte sich meine Mutter wahrscheinlich so sehr über die Existenz meines Vaters definiert, dass sie nicht wusste, wie es in ihrem Leben weitergehen sollte, nachdem er gestorben war.

Sie dachte, dass sie mit ihm sterben müsste. Sie hatte nie von den indischen Bräuten auf den Scheiterhaufen gehört. Er hatte sie fest in der Hand gehabt, sie hatte es zugelassen, als er dann tot war, gab es um sie herum einen solchen Leerraum voller Möglichkeiten, dass sie nicht mehr atmen konnte.

9.

Als ich am ersten Morgen auf dem Boden aufwachte, waren diese Worte in meinem Kopf, als hätte mir jemand eine Notiz in einer unbekannten Handschrift unter der Tür durchgeschoben: *Einsamkeit ist Freiheit.*

Ich fragte mich, warum ich nicht schon früher darauf gekommen war.

Ich verstand:

Meine Tochter hat ihren Abschluss gemacht und geheiratet, mein Ehemann hat mich für eine Frau vom chinesischen

Festland verlassen. Endlich kann ich zum ersten Mal tun, was ich will. Vielleicht klingt das für euch albern. Aber eure Generation – das, was ihr am besten könnt, ist, zuerst an euch zu denken. Ihr habt kein Problem damit, ihr selbst zu sein, sogar in Beziehungen zu anderen Menschen. Das ist für euch so natürlich wie Atmen.

Für uns ist es so: Wenn wir Menschen in unserem Leben haben, wenn wir Beziehungen haben, dann haben wir Pflichten, dann müssen wir dienen. Wir können das nicht abschütteln. Wir können dem nicht einfach den Rücken zukehren. Aber wenn man diejenige ist, die verlassen wurde – dann wurde man in Wahrheit freigelassen.

Ich hatte nun meine Unabhängigkeit davon, Ehefrau zu sein, Mutter, sogar Frau. Ich war einfach ich. Ich fühlte eine unglaubliche Freude, die sich in meinem Körper ausbreitete. Ich bestritt meinen Alltag, als hätte sich nichts geändert – und tatsächlich *hatte* sich nichts geändert, aber ich wusste, dass dies der Anfang von etwas Neuem war und dass dieses Etwas bis an mein Ende andauern würde.

Ihr braucht das jetzt nicht, ihr seid jung und schön – Schönheit ist Ansichtssache, aber wer würde bestreiten, dass Jugend Schönheit ist? Aber eines Tages ist es vielleicht alles, was ihr braucht, also buddelt ein Loch und begrabt es wie einen Knochen, und es soll nicht heißen, dass es euch niemand gesagt hätte: *Einsamkeit ist Freiheit.*

Zurotul war für die Liebe geschaffen, nur war sie geboren, wo es keinen Platz für Liebe gab.

Manchmal, wenn der Ehemann und die Ehefrau außer Haus waren, ging Zurotul zur Schrankseite der Ehefrau und nahm ein Kleid oder einen Hosenanzug heraus. Anfangs traute sie sich gerade mal, vor dem Ganzkörperspiegel im großen Schlafzimmer zu stehen und sich den Bügel unters Kinn zu halten, aber mit der Zeit zog sie die Kleider dann doch an.

Etwas später ging sie dazu über, sich auf die Seite des Betts zu legen, auf der die Ehefrau lag, sodass sie sich dem Platz, an dem der Ehemann normalerweise schlief, zuwandte. Sie achtete immer darauf, hinterher das Bett glatt zu streichen, das morgendliche Bettenmachen nach ihrem Unordentlichmachen zu wiederholen. Jeden Morgen drückte Zurotul ihr Gesicht in das Kissen des Ehemanns. Es roch nach Öl, Spucke und irgendwie ein wenig nach Milch.

Wenn sie ihm etwas zu Essen machte, ihm die Hemden und Hosen bügelte, die Socken und seine Schuhe neben den kleinen Hocker bei der Tür stellte, dann malte sie sich aus, sie wären verheiratet, er und sie, miteinander. Schließlich waren es eheliche Pflichten, die sie verrichtete. Das machte sie glücklich. Sie brauchte seine Berührungen nicht. Manchmal, wenn er das Haus verließ und das Tor aufschloss, rief er ihr, je nachdem, wo sie gerade war, mit einem unbeschwerten Lächeln ein *Bye!* zu. Sie sah dann mit flatterndem Herzen vom Kehren oder Wischen auf, um zu sagen: *Ihnen einen schönen Tag, Sir.* Das waren für die sie besten Tage.

Es machte sie stolz, dass sie sich so gut um seine sterbende Mutter kümmerte, sie war immer fröhlich und behutsam im Umgang mit der runzeligen Frau, obwohl diese schon sehr weggetreten war. Sie brachte sie dazu, ihre Medizin zu schlucken, drehte sie einmal in der Stunde um, damit sie sich nicht wundlag, massierte Feuchtigkeitscreme in ihre pergamentene Haut. Die sterbende Mutter schlief die meiste Zeit und war schwerhörig, und sie hörte nie, wie Zurotul sie *ibu* nannte, Mutter.

Zurotul war ausgesprochen glücklich, auf diese Weise verheiratet zu sein, wäre da nur nicht die Ehefrau – mit ihren Wutanfällen, den Beschimpfungen, der Forderung, sich ihr zu fügen, und das alles an den liebenden Ehemann gerichtet. Es brauchte nur einen geringen Anlass oder auch gar keinen Anlass, geschah mindestens zweimal pro Woche. Der Ehemann steckte unsichtbare Schläge ein, man sah es ihm an, aber es schien ihm nie viel auszumachen. Und obwohl es ihm niemals zu viel zu werden schien, merkte sie doch, wie er unter den ständigen Angriffen zusammenschrumpfte. Der Mann, den sie liebte, versank.

Eines Tages konnte sie von der Küche aus sehen, wie die Ehefrau den Ehemann ohrfeigte. Die Ehefrau stürmte beleidigt ins Schlafzimmer und knallte die Tür hinter sich zu. Das tat Zurotul weh. Sie goss ein Glas Wasser ein und näherte sich schüchtern dem Ehemann. Der Ehemann saß mit roten Augen auf dem Sofa. Als sie ihm das Glas Wasser anbot, schlug er es ihr aus der Hand. Das Glas zerbrach auf dem Terrazzofußboden. Zurotul holte hastig einen Lappen, um die Sauerei aufzuwischen, und in ihrer Eile schnitt sie sich die Hand an einer Scherbe. Der Ehemann hörte ihren Schrei, nahm ihre Hand in seine, drückte auf die Wunde, um die Blutung zu stoppen. Es tut mir leid, sagte er. Es tut mir so leid, es ist nur so ...

Zurotul fing an zu weinen – die Furcht, ihn verärgert zu haben, das Mitleid für diesen Mann, der Umstand, dass er ihre Hand berührte – wie gut es sich anfühlte. Er hielt sie fast schon im Arm, und sie wünschte sich, es wäre nach zehn Uhr abends, weil sie dann ihre tägliche Dusche hinter sich gehabt hätte: Sie wünschte sich, sie würde besser riechen. Sie riss sich zusammen, und sie ließen ungeschickt voneinander. Er sagte, er würde ihr ein Pflaster holen. Als er aufstand, sah sie ihr Blut auf seinem Zeigefinger. Da erinnerte sie sich an die Worte der sterbenden Dorfhexe.

...

Sie bekam ihre Tage schon immer unregelmäßig, und es dauerte vier Monate, bis sie bei Vollmond menstruierte.

Sie servierte es ihm am nächsten Morgen im Instantkaffee, den er zu seinem Frühstückstoast trank, von einem Teelöffel Kondensmilch überdeckt. Zurotul hatte gerade eben gewagt, etwas von ihrem Blut hineinzutauchen – mit zwei Fingern, vor und zurück, sodass sie in ihrem Schritt nun mit Instantkaffee beschmiert war.

Schüchtern näherte sie sich ihm, feierlich, voller Angst. Ihre Hände zitterten, als sie ihm seine Tasse brachte. Die Ehefrau sah sie komisch an, und für einen Moment schien es, als wäre Zurotul nicht in der Lage, die Tasse auf den Mahagoni-Esstisch zu stellen.

Und?, sagte die Ehefrau. Wo ist mein Jasmintee?

Kommt sofort, Ma'am, kommt sofort. Zurotul stellte die Tasse ab und ging zurück in die Küche, drehte sich um, weil sie sehen wollte, ob der Ehemann schon etwas getrunken hatte. Mit der Zeit hatte sie sich den Winkel gemerkt, in dem er nach der Tasse greifen würde, und sie achtete jedes Mal darauf, den Henkel komplementär zu positionieren. Sein Blick war auf die Morgenzeitung gerichtet, seine Hand griff nach der Tasse. Er trank und schluckte.

Die nächste Woche verbrachte sie damit, auf Zeichen zu achten. Ein- oder zweimal glaubte sie, einen neuen, ausgeprägten Unmut im Ton gegenüber seiner Frau zu bemerken, aber nichts von Bedeutung – er schwieg, gab seiner Frau nach, und sie kümmerte sich weiter um ihre Arbeit. Zurotul war nicht übermäßig enttäuscht. So sehr sie auch an die Mystik der Dorfhexe glaubte, so gut könnte die Alte auch einfach eine Verrückte sein, die auf dem tropischen Sterbebett in ein finales Delirium glitt. Oder vielleicht hatte sie das Ritual auch falsch durchgeführt – vielleicht war Instantkaffee auch nicht die beste Wahl? Sie wusste aber auch, dass sie es niemals wieder versuchen würde. Offenbar lag ihr so etwas nicht.

Fast genau einen Monat später kam der Ehemann früher von der Arbeit nach Hause. Sir, sagte Zurotul, so früh?

Sir fühlt sich nicht gut, sagte er und zog Schuhe und Socken aus. Er ging in sein Zimmer, und sie eilte in die Küche, um ihm eine Tasse warmes Wasser mit Honig und Zitrone zuzubereiten.

Sie klopfte an seine Tür, und er öffnete, er hatte sich bis auf die Boxershorts und das leichte weiße Unterhemd, das er unter seinem Oberhemd trug, ausgezogen. Er sah blass aus. Sie gab ihm das Getränk, und er nahm es mit ins Bett, legte die Finger um die warme Tasse. Sie kniete sich hin, um Hemd und Hose aufzusammeln, die er neben das Bett geworfen hatte, als sie ihn hinter sich spürte. Er war hart.

Zurotul hielt die Wäsche fest mit beiden Händen umklammert. Sie roch nach saurem, pudrigem Schweiß, der unter der Klimaanlage getrocknet war. Ihr Herz schlug wild. Sie wollte, dass es etwas Besonderes war. Sie dachte: *Was würde Ma'am nicht tun?*

Ohne sich umzudrehen und ihn anzusehen, zog sie ihre Shorts und die Unterhose herunter, streckte ihm ihre rötliche Wärme entgegen, legte sich dann auf den Boden, das Gesicht in seiner schmutzigen Bürokleidung vergraben. Er nahm sie wieder und wieder und wieder.

...

Von nun an kam er während der Mittagspausen vorbei, sooft er konnte. Sie gewöhnte sich an, darauf zu warten, dass sein silberfarbener Toyota um halb eins in die Einfahrt fuhr. Sie sah dem Ehemann gern dabei zu, wie er aus dem Auto stieg und mit der Fernbedienung darauf zielte. Manchmal, wenn es in der Nachbarschaft ruhig war, konnte sie das Piepen hören, mit dem sich der Toyota verriegelte.

Er mochte es am liebsten auf dem Boden von hinten. Auch sie mochte es so am liebsten – das eine Mal, als er sich unter sie gelegt hatte, fehlte ihr das Selbstbewusstsein. Sie saß rittlings auf ihm und fand, dass es sich falsch anfühlte, dabei zusehen zu können, wie sein Gesicht die Kontrolle verlor angesichts der Freude, die sie ihm von dort oben bereitete. Sie vögelten in jedem Zimmer des Hauses – vom Wohnzimmer bis zum Arbeitszimmer – nur nicht in dem Zimmer, in dem seine sterbende Mutter schlief. Besonders genossen sie es in der Wanne im Bad, das zum Schlafzimmer gehörte, danach duschten sie gemeinsam. Sie hielt seinen Penis und schrubbte ihn mit den Händen, so wie sie es mit einem Rettich oder einer Karotte machen würde. Später lächelte sie, wenn sie Wurzelgemüse zubereitete. Sie sprachen nie vor oder nach dem Sex, aber er schien entspannt und glücklich mit ihr zu sein.

Wenn er fort war und sie die Hausarbeit beendet hatte, betrachtete sie die Etiketten auf den Hygieneartikeln im Badezimmer, öffnete die Verschlusskappen und roch daran. *Cranberry Body Scrub. Mint & Jojoba Conditioner. Brazil Nut Moisturiser.* Die Wörter sahen so erlesen aus, obwohl sie nicht wusste, was sie bedeuteten.

Sie hatten von nun an ständig zerschrammte Knie. Sie trug Kleidung, die ihre Knie bedeckte – er schlief in Pyjamahosen, nicht mehr in kurzen Sporthosen. Seine Ehefrau bemerkte es nicht. Sie hatte weiterhin ihre Wutanfälle, und der Ehemann gab weiterhin nach, obwohl er es jetzt ein ganz klein wenig ironisch tat.

...

Wie es immer so ist: Seine Ehefrau kam in die Wohnung zurück, um Unterlagen zu holen, die sie auf dem Nachttisch hatte liegen lassen.

Sie hatten gerade Sex unter der Dusche. Nie hatten sie sich mit ihren Schreien zurückhalten müssen, denn die bettlägerige Mutter war schwerhörig. Die Frau hörte erst das laufende Wasser, dann das Stöhnen. Sie öffnete die Badezimmertür. Ihr Ehemann, ihr Dienstmädchen auf den Knien in der Wanne, Wasserstrahlen aus dem Duschkopf liefen über sie hinab.

Die Ehefrau kreischte: *Das Dienstmädchen? Was Besseres hast du nicht bekommen?* Sie drehte sich um und stolzierte aus dem Zimmer.

Der Ehemann zitterte. Er griff sich ein Handtuch und rannte hinter ihr her, aus dem Haus heraus, nass.

Zurotul blieb noch sehr lange unter dem laufenden Wasser sitzen und umschlang ihren nackten Körper.

…

Sie wollten sie zurück in ihre Heimat schicken. Sie eigne sich nicht weiter als Dienstmädchen wegen dem, was geschehen war. Sie sei eine unmoralische, gefährliche Frau – als Haushaltshilfe unbrauchbar. Sie saß im Hinterzimmer von *Happy Maid Employment Services Pte Ltd.*

Irgendwie hatte sie immer gedacht, er würde sich für sie entscheiden, wenn sie erwischt würden – wie konnte er auch nicht? Sie hielt sein Haus sauber, kümmerte sich um seine Mutter, kochte sein Lieblingsessen, spendete ihm Freude. Er wäre verrückt, sich nicht für sie zu entscheiden.

Es überraschte sie auch, dass die Ehefrau beschlossen hatte zu bleiben. Vielleicht um den Ehemann herunterzumachen und es ihm mit gleicher Münze heimzuzahlen, ganz langsam.

Aber ich liebe Sir lange, hatte sie immer wieder geheult, aber ich liebe Sir lange.

Die Ehefrau stand auf und schlug ihr fest ins Gesicht. Lieben? Die Ehefrau lachte bellend. Was glaubst *du* denn, was du über die Liebe weißt?

…

Vom Flughafen fuhr sie fünf Stunden mit dem Bus und ging dann drei Stunden von der Haltestelle zu Fuß. Sie vermied die Hauptwege, die von den Dorfbewohnern benutzt wurden. Sie konnte spüren, wie es im Wald vor Getier nur so wimmelte. Sie merkte, wie sehr sie das in der Stadt vermisst hatte. Endlich fand sie die alte Hütte, feucht und eingestürzt.

In der Hütte stand ein Glas mit getrockneten Betelnüssen in der Ecke eines von Hand gefertigten Regals, das aus großen Ästen und Steinen zusammengeschustert war. Zurotul schraubte den Deckel auf, warf sich eine Handvoll Nüsse in den Mund und begann zu kauen, während sie den Inhalt der anderen Gläser prüfte – tote Spinnen, Glasscherben, unterschiedlich lange Seile –, eins davon war vom Pilzbefall fast undurchsichtig. In einer Ecke der Hütte hing ein zerlumpter Morgenrock an einem Nagel, und Zurotul ertappte sich dabei, wie sie ihr Poloshirt, die billigen Jeans und die Schuhe auszog und den Morgenrock anzog. Als sie Unkraut und Wurzeln vor der Hütte wegräumte, fand sie den großen beigefarbenen Stein, mit dem sie die Ruhestätte der Dorfhexe markiert hatte. Das Grab hatte sie mit bloßen Händen ausgehoben, und offensichtlich war es nicht tief genug gewesen – sie sah einen weißen Knochen, vielleicht eine Rippe, zwischen dem Gestrüpp aus der Erde herausragen. Wieder spürte sie den Schlag der Schmetterlinge in ihrem Unterleib, und diesmal legte sie sich die Hand auf den Bauch. Sie hatte ihr Erbrochenes in der Zeit, in der sie in der Agentur auf ihre Rückreise hatte warten müssen, jeden Morgen heruntergeschluckt, aus Angst, sie würde sich verraten und man würde sie zwingen, das ungeborene Kind abzutreiben, das gerade erst groß genug war, um sich in ihrem Schoß bemerkbar zu machen. Sie wusste, dass sie ein Mädchen in sich trug. Sie streckte die Hand aus, fuhr sanft über den bleichen Knochen und sprach das erste Gebet für ihre Tochter:

Sie wird für die Liebe geschaffen sein.

ALICE, DU MUSST DER MITTELPUNKT DEINES EIGENEN UNIVERSUMS SEIN

Wir sitzen im Flyer, der das London Eye als größtes Riesenrad der Welt übertrumpfen soll, und sie fängt an zu hyperventilieren. Jede Fahrt, jede Umrundung dauert eine halbe Stunde, und ich sehe ihren kleinen dünnen Körper, ihre knochigen Schultern, ihre markanten Wangenknochen, und ich frage mich, ob sie genug Atemluft in sich hat, um eine halbe Stunde lang zu hyperventilieren und das Ganze unbeschadet zu überstehen.

Wir haben keine Plastiktüte dabei, aber ich weiß, dass ich eine Möglichkeit finden muss, ihre Atmung zu regulieren, und so kommt es, dass ich meinen Mund auf ihren presse.

Sie atmet durch mich, atmet in mich, atmet mich aus, und ihr hektisches Einatmen beruhigt sich langsam. Als sie wieder normal atmet, sagt sie leichthin: *Als ich das letzte Mal so lange geküsst wurde, war ich achtzehn und stand unter einer Banyan-Feige.* Schlechter Scherz, sage ich. Brauchst du einen Arzt? Wir stehen am Fenster der Kabine und sehen hinaus auf die Bucht.

Weißt du, dass direkt unter der Marina Bay eine Senkgrube ist? Der Abfall kann nicht mehr ins Meer fließen. Wenn du reinfällst, brauchst du eine Tetanusspritze.

...

Sie macht das immer wieder, bringt mich an Orte, die sich weit über dem Erdboden befinden.

Erst war es die Seilbahn in der Nähe des Hafens, etwas aus meiner Kindheit in den Achtzigerjahren, dann der Flyer bei der Bucht, dann der hypermoderne Infinity Pool im fünfzigsten Stock des luxuriösesten Hotels der Stadt, in dessen Untergeschoss ein Kasino war. Den Pool durfte man nur als Hotelgast benutzen. Ihre Nichte und ihre Familie, die in London lebten, wohnten in dem Hotel, und sie führte sie herum, aber an dem Tag hatte sie sie in der Orchard Road ausgesetzt, und sie hatte einen Ersatzschlüssel – ob ich mit ihr in den Pool wolle?

Wenn du Lust hast, können wir danach eine Runde Roulette spielen.

Sie trug einen flauschigen weißen Bademantel, wie ich. Mein Badeanzug war ziemlich abgetragen. Als ich ihn anzog, merkte ich, dass er an ein paar ungünstigen Stellen bereits verschlissen war. Ich war seit Jahren nicht mehr geschwommen. Ich schloss mit mir selbst Wetten ab, wie ihr Badeanzug wohl geschnitten sein würde. Und welche Art Badeanzug ich wohl mit sechsundsechzig tragen würde? Die Antwort war klar, weil ich mir niemals mich als die Sorte alte Dame vorstellen konnte, die schwimmen ging.

Wir betraten die Dachterrasse, und sie öffnete ihren Bademantel, ließ ihn gleichzeitig in nur einer fließenden Bewegung fallen. Ihr Badeanzug war schlicht, schwarz und hochgeschlossen, an den Schultern ausgeschnitten. Ich hatte schlaffere, gefleckte Haut erwartet, aber ihr Hautton war gar nicht so ungleichmäßig. Sie wandte sich mir zu, und ich fummelte an dem Gürtel meines vornehmen Bademantels herum.

Wir glitten in den großen Pool, von dem aus man über die Stadt sehen konnte, die mit dem Horizont zu verschmelzen schien. Wir betrachteten die Stadt, die riesigen Gewächshäuser an der Bucht, die sich wie eine Bestie aus Quecksilber aus einem Stück Land erhoben, das zuvor Teil des Meeres gewesen war.

Macht dir die Stadt manchmal Angst?

Niemals.

Woher weißt du, was ich meine?

Ich kann deine Angst riechen. Ich habe keine. Ich liebe Veränderungen.

Bist du deshalb so schön? Wenn du mit der Zeit gehst, geht die Zeit behutsamer mit dir um, weil weniger aufgeholt werden muss?

Sie lachte, hielt eine gechlorte Hand an ihren knallroten Mund – wer trägt denn Lippenstift im Schwimmbad?

Der Gedanke gefällt mir. Und jetzt sag, hast du schon mal ein Picknick auf dem Boden eines Schwimmbeckens pantomimisch dargestellt?

...

Wir waren zwei Fremde, die vor der Botschaft des Vereinigten Königreichs standen, Regen fiel gleichmäßig dort, wo der Schutz des Vordachs endete, und wir hatten keine Regenschirme. Sie öffnete ihre sechskantige weiße Lederhandtasche und zog ein Zigarettenetui hervor.

Sie reisen nach Großbritannien?

Ja, um in London zu studieren, im September.

Oh, ich bin im Oktober da, um meine Nichte für einen Monat zu besuchen. Vielleicht laufen wir uns ja vor Harrods über den Weg oder so, wäre das nicht lustig. Was wollen Sie studieren?

Kunst. Am Central Saint Martins.

Ah, eine Künstlerin, sagte sie verschwörerisch und steckte sich die Zigarette zwischen die Lippen. *Als ich in Ihrem Alter war, habe ich Jura in Oxford studiert, aber ich habe*

Künstler immer bewundert. Sie zündete die Zigarette mit einem Perlmuttfeuerzeug an, legte dabei den Kopf etwas schräg, um die Flamme zu erwischen.

Ich bin Jennifer, sagte sie und blies Rauch aus, *aber nennen Sie mich bitte Jenny.*

Auntie Jenny.

Nein. Nur Jenny.

Jenny.

Wir standen noch lange da und redeten. Als der Regen aufhörte, tauschten wir Nummern aus.

...

Wenn Jenny lacht, bedeckt sie ihren Mund mit der Hand, und sie benutzt Wörter wie Manieren, Kurzwaren, Kavalier. Männer, die dreißig, vierzig Jahre jünger sind als sie, halten uns die Türen auf, wenn wir ausgehen, und sie zwinkert ihnen zu. Sie nimmt auf der Straße meine Hand, und wir spazieren stundenlang mit ineinander verschränkten Fingern. Ich werde noch vor ihr müde.

Wie viele Liebhaber hattest du schon?, fragt sie mich in einem Café. Sie trägt einen schicken schwarzen Hut, als wolle sie zum Pferderennen. Noch gar keinen, sage ich, und sie lacht. Und du? *Oh je, die kann ich gar nicht mehr zählen*, sagt Jenny und bestellt sich noch mehr Zuckersirup für ihren Eistee. Du bist verheiratet, oder?, frage ich, und sie sagt, *Natürlich – aber keine Kinder. Ich habe mir mit dreißig die Eileiter abklemmen lassen, und meine Schwiegermutter hat fast der Schlag getroffen*. Sie sieht mich an und sagt, als sie ihre Tasse abstellt: *Es ist wichtig, für sich selbst zu leben. Das Leben kennenzulernen.*

Ich trinke meinen Tee aus, und sie sieht mich erwartungsvoll an. Als ich nichts sage, beugt sie sich vor und fragt: Wovor hast du Angst? Ich sehe lange nach draußen auf die Straße, aber sie ist geduldig. Ich habe Angst, etwas von mir aufzugeben, weil ich noch nicht weiß, was ich bin, sage ich schließlich. Jenny legt eine Hand auf mein Knie, als wisse sie etwas über mich, das ich nicht über mich weiß. Sie isst ihr Eclair auf, dann sagt sie: *Du musst keine Angst davor haben, etwas aufzugeben, weil wir immer dabei sind, etwas zu werden*. Sie wischt sich etwas Sahne vom Mundwinkel ab, leckt sie vom Finger. *Alice, du musst der Mittelpunkt deines eigenen Universums sein.*

Unter der Woche sehe ich sie nicht, und dann denke ich daran, wie ihre Wangen einfallen, wenn sie Kette raucht, wie sie die Stirn leicht runzelt, bevor sie den Rauch ausbläst, wie sie mich aus mir herauskitzelt. Der Kick, aus einer Unterhaltung herauszukommen und mich schutzloser vorzufinden. Machst du das aus Wohltätigkeit?, fragt meine Mutter irgendwann. Sie hat es immer ganz süß von mir gefunden, bis wir uns schließlich an jedem Wochenende trafen. Betrachtet sie dich als ihre Enkelin?, will meine Mutter wissen, und ich denke an Jennys Perlmuttfeuerzeug, ihre lackierten Nägel und die faserigen Venen auf ihren Handrücken. Wir sind Freundinnen, sage ich. Freundinnen? Ja, Freundinnen. Du gehst kaum einmal im Monat zu deiner Oma, und hast du keine Freundinnen in deinem Alter? Oma spricht nur Teochew, ich verstehe sie nicht mal, und außerdem ist Jenny ganz anders. Meine Mutter hält inne. Ist sie reich? Vielleicht bedenkt sie dich in ihrem Testament.

...

Jenny, wir dürfen uns nicht mehr so oft treffen.

Warum nicht?

Ich kann sie nicht betrügen.

Betrügen? Wen?

Meine Großmutter.

Sie lacht. *Warum siehst du es so? Ich werde allerdings nicht leugnen, dass ich dich vom ersten Moment an ins Herz geschlossen habe.*

Es wird dir nichts nützen, wenn du mir solche Sachen sagst.

Warum nicht?

Ich wünschte, du wärst meine Großmutter.

Dummes Mädchen. Wäre ich deine Großmutter, wäre alles anders. Warum willst du etwas Gutes verderben?

...

Wir sitzen am Pier. Sie liest im abnehmenden Sonnenlicht, und ich zeichne sie mit Kohle. Ich frage: Musst du nicht nach Hause? Wir tragen beide Sonnenbrillen, aber sie sieht mich trotzdem nicht an, als sie mir antwortet. Ihr Hals zittert unter einem Seidentuch – ein Requisit für die Falten, die sie unbedingt vor mir verstecken will.

Ich bin keine zehn mehr, sagt sie.

Ja, aber du bist auch keine dreißig mehr, sage ich.

Sie sieht mich an und lächelt nachsichtig, als fände sie meine Bemerkung reizend. Wir versuchen, uns durch unsere dunklen Brillen in die Augen zu sehen.

Also geht's von hier nur noch bergab, zurück zu festen Schlafenszeiten und verantwortungsvollen Beziehungen, dann weiter zu Flüssignahrung und Erwachsenenwindeln?

Ja. Soll ich dich nach Hause bringen? Dein Mann macht sich bestimmt Sorgen, wenn du nicht mit ihm zu Abend isst.

Mein Mann kann sich selbst den Reis und die anderen Sachen nehmen. Ich habe alles auf den Tisch gestellt, bevor ich das Haus verlassen habe.

Er ist es gewohnt, bedient zu werden, oder?

Etwas gewohnt zu sein ist nur eine armselige Ausrede dafür, die Dinge aufzuschieben, aber das scheint mir ein nationaler Zeitvertreib, findest du nicht auch? Wir gewöhnen uns an die Plackerei, wir lassen es zu, dass uns die Plackerei zermürbt.

Aber ist das nicht Ursache und Wirkung?

Ja, aber nur, wenn wir uns die Dinge linear ansehen – das tut jeder –, aber das Leben ist nicht so einfach, oder?

Weißt du was, Jenny, ich glaube nicht, dass ich heiraten werde.

Wegen dem ganzen Scheiß, den ich dir erzählt hab?

Nein. Weil ich am Ende von dem ganzen Scheiß einfach aufgeben würde. Ich wäre nicht mehr in der Lage, mit sechsundsechzig jemanden wie mich zu treffen, mich wie ein riesiger Hummer an sie zu klammern und dafür zu sorgen, dass sie meine Umklammerung auch noch genießt. Ich würde sie einfach nur an mir vorbeigleiten sehen.

Sie weiß, dass ich es aus Bewunderung sage, dass es keine Beleidigung ist. Sie weiß, dass ich ihr ein Kompliment mache, nicht mir. Wir sehen hinaus aufs Wasser, und sie lehnt sich an mich, in mich, als wäre ich ein vertrautes Boot. Ihre Schulterblätter drücken leicht gegen meine Brüste. Sie riecht nicht wie eine alte Frau. Ich sage mir, dass ich mich immer daran erinnern werde, wie wichtig es ist, nicht wie eine alte Frau zu riechen, wenn ich eine alte Frau bin.

Die Sonne geht unter, und wir stehen auf und gehen.

...

Alice? Ich glaube, ich habe mich ein bisschen in dich verliebt. Es ist nicht deine Schuld.

Was für eine Art Liebe ist das?

Ich weiß es nicht.

Wenn du das tust, Jenny, können wir uns nicht mehr sehen.

Warum nicht?

Ich dachte, bei dir wäre ich sicher. Du nutzt mein Vertrauen aus.

Was?

Ich dachte, ich könnte bei dir ich selbst sein, und nichts würde geschehen.

Ich spreche über meine Gefühle, und du beziehst wieder alles auf dich.

Geht es bei deinen Gefühlen denn nicht um mich?

...

Sie kommt auf mich zu, in jeder Hand ein Glas Singapore Sling. Sie hatte mich in der Bar des Raffles Hotel treffen wollen. Es ist später Nachmittag, und die einzigen Menschen, die sich nachmittags in Bars treffen, gibt es in Filmen, aber für sie ist es etwas ganz Normales, mit ihrem lachsfarbenen Lippenstift, dem apricotfarbenen Kleid, ihren hautfarbenen Strümpfen in cremefarbenen Pumps. Sie probiert immer etwas Neues aus, etwas, das sie noch nie zuvor getan hat, etwas, das ich noch nie zuvor getan habe, aber am besten etwas, das wir beide noch nie getan haben.

Ich darf nie für irgendetwas bezahlen, ich habe aufgehört, es zu versuchen. Sie nimmt eine schickliche Pose auf dem Barhocker ein und reicht mir das Glas. Ich drücke mich um die Maraschinokirsche, während sie sie sich in den Mund steckt und ihr Glas hebt. Sie pflückt das fuchsiafarbene Papierschirmchen aus dem Glas und steckt es sich hinters Ohr, ins Haar. Wir stoßen an, und sie zieht einen Umschlag aus ihrer Handtasche.

Willst du mit mir wegfahren? Nichts Aufregendes, nur ein Wochenende in Penang. Wir haben das Grundstück verkauft, sie reißen das Zuhause meiner Kindheit ab. Ich will es mir ein letztes Mal ansehen, und ich fände es wunderbar, wenn du mitkämst.

Ich mache den Mund auf, aber sie spricht weiter.

Wenn du an den Tagen nicht kannst oder du keine Lust hast, ist das in Ordnung – ich habe einfach schon mal Tickets gekauft, du weißt ja, wie ich bin –, ich will nicht, dass du denkst, ich wäre anmaßend.

...

Wir sind in Penang, und sie hat den Schlüssel für ein gemietetes Auto in der Hand, mit Schaltgetriebe und verblassten blauen Wildledersitzen.

Zu welcher Dialektgruppe gehörst du?

Teochew.

Ga gi nang, ruft sie erfreut aus.

Was heißt das?

Sie sieht mich an und schnalzt mit der Zunge.

Sieh einer an, sprichst du denn gar kein Wort Teochew? Ich zum Beispiel, ich spreche wunderbares Englisch, aber auch Chinesisch, Teochew, Shanghainesisch und Kantonesisch.

Schön für dich.

Sie wird milder: *Es bedeutet ›unsere eigenen Leute‹.*

Das ist wirklich altmodisch.

Wie meinst du das?

Es grenzt andere Leute aus.

Das stimmt, aber ich freue mich, dir näher zu sein. Das tun Menschen nun mal. Ausgrenzen und sehen, was übrig bleibt.

Wir gleiten in den Wagen. Jenny stellt den Rückspiegel ein, und ich schnalle mich an.

Wenn du an der Uni bist, darf ich dich dann besuchen? Ich bin sowieso bei meiner Nichte. Wir könnten Tee trinken, mit Scones und Marmelade und all dem. Wir könnten uns die Rembrandts und Vermeers und was nicht alles ansehen.

Natürlich darfst du.

Du wirst nicht zu beschäftigt sein? Sie fragt es plötzlich, legt eine Hand an den Hals, zieht dann den Gurt über ihren Oberkörper.

Für dich habe ich immer Zeit, Jenny.

Das sagst du jetzt, sagt sie, lächelt und startet den Motor. *Darf ich dir was zeigen?*

Alles, Jenny, sage ich. Ich liebe es, ihren Namen zu sagen.

Auch das Ende der Zeit? Jetzt lächelt sie verschlagen, und ihre Augen leuchten.

Jetzt wirst du kitschig.

Sie lässt die Kupplung kommen, und ich kurbele die Fenster runter, ihre Haare flattern im Wind.

...

Wir klettern über ein niedriges Tor, ich helfe ihr rüber. Für eine ältere Dame ist sie überaus beweglich; sie ist so gelenkig, dass man sie anfassen möchte. Sie hat unterwegs ihr Alter abgelegt, das Haar aus dem tief gebundenen Knoten gelöst, Hände und Handgelenke von Ringen und Armbändern befreit. Sie trägt ein lose sitzendes Hemdkleid, und sie hat ihre Schuhe im Wagen gelassen, sie sagt, sie will die Dielen unter ihren nackten Füßen spüren. Ich möchte wissen, wie ich sie noch mehr lieben kann, als ich ihre entzündeten Fußballen sehe.

Wir sind in ihrem Elternhaus, und sie hat einen leichtfüßigen, schwingenden Gang, als wäre sie sechzehn.

Da hat sich meine Schwester versteckt, wenn sie traurig war. Da hat mein Vater meinen Bruder mit dem Stock verhauen. Da saß ich meiner Mutter zu Füßen, als sie mir die Haare geflochten hat.

Wir gehen die Treppe mit dem verrottenden Geländer hinauf. Ich gehe hinter ihr, betrachte ihre Füße, die Sehnen ihrer Achillesfersen. *Das ist mein Schlafzimmer,* sagt sie. Dort stehen immer noch der Frisiertisch mit einem alten Spiegel und ein von Termiten zerfressener Bettrahmen. Ich stelle sie mir als Mädchen vor, in einem Nachthemd aus Baumwolle, wie sie im Bett liegt.

Später am Nachmittag kehren wir zurück, nachdem wir *assam laksa* und *kueh tutu* zu uns genommen haben, und nun ist es nur noch eine Baustelle. Wir lassen den Bagger hinein. Wir sehen zu, wie der Boden durchlöchert wird. Wir hören, wie die Wände krachend abgerissen werden. Sie zuckt zusammen, als der schwere Bohrer auf Beton stößt, ihr alter Körper, dünn wie ein Kätzchen, lehnt an meinem.

...

Sie hatte mich im Taxi auf dem Weg zum Flughafen mitgenommen, aber auf der Rückreise, nachdem wir die Einreiseformalitäten hinter uns haben und die Flughafenhalle verlassen, sagt sie mir, dass ihr Ehemann sie abholt, ob sie mich nach Hause bringen sollen? Bevor ich antworten kann, winkt sie einem ordentlich gekleideten älteren Mann, der an einem alten, kastenförmigen Mercedes Benz lehnt. Er geht auf uns zu, und sie schiebt ihre Hand in meine Rocktasche. Er nimmt ihr das Handgepäck ab.

Er nickt mir zu. Sie sagt: *Das ist das Mädchen, von dem ich dir erzählt habe.*

Ah, sagt er, meine Gattin hat mir so viel von Ihnen erzählt. Ich hoffe, Sie ist Ihnen nicht zur Last gefallen? Einem jungen Mädchen wie Ihnen liegt natürlich die Welt zu Füßen.

Oh nein, gar nicht. Ich genieße Jennys Gesellschaft. Sie sagt die seltsamsten Dinge.

Dann müssen Sie selbst auch ein seltsames Ding sein.

Sie fangen an, häusliche Angelegenheiten zu besprechen: Wie war sein Termin bei Dr. Wong? Sie wird ihm keine Bohnen mehr kochen, weil seine Gicht wieder da ist. Das Abendessen wird später stattfinden, weil sie erst das Huhn auftauen muss, wenn sie nach Hause kommen. Er freut sich auf ihr *Mu-Err*-Hühnchen. Etwas hängt an ihrem Mundwinkel, und er streckt unwillkürlich die Hand aus, um es sanft wegzuwischen. Sie berührt die Stelle. Mir wird schlagartig bewusst, dass ich nichts über Liebe weiß.

Dürfen wir Sie nach Hause bringen?

Nein, ich nehme einfach den Bus, vielen Dank.

Sie wohnt ganz in unserer Nähe, sagt Jenny.

Sie müssen keinen Wert auf Etikette legen, sagt er, außerdem haben Sie Gepäck.

Der Bus fährt direkt durch, und das ist nur eine Reisetasche.

Jenny wirft mir einen Blick zu. Ich weiche ihm aus. Ihr Ehemann sagt freundlich: In Ordnung, dann passen Sie auf sich auf. Wir werden uns sicherlich bald wiedersehen.

Jenny sagt: *Aber ich bestehe darauf.*

Jen, sagt ihr Ehemann, lass dem Mädchen seinen Willen. Zu mir sagt er: Sie müssen sie entschuldigen, sie ist es gewohnt, ihren Willen durchzusetzen. Ich kenne sie, seit sie sechzehn ist, und sie hat sich kein Stück verändert. Ich lasse ihr immer alles durchgehen, aber manchmal vergisst sie, dass nicht jeder in sie verliebt ist. Er kichert liebevoll, hält ihr seine Hand hin.

Jenny ist beleidigt. Sie geht weg. Er entschuldigt sich, eilt ihr hinterher, legt seine Hand auf ihren Rücken. Ich warte nicht, bis sie ins Auto steigen.

Ich nehme den Bus nach Hause. Die Nachmittagssonne knallt durch die Scheibe und verbrennt eine Hälfte meines Gesichts.

...

Ich gehe nicht ans Telefon, wenn sie anruft.

Sie steht vor meiner Tür, sagt: *Du gehst nicht ans Telefon.*

Dein Mann, sage ich. Ich verschränke die Arme, merke dann, dass ich die Arme verschränke, lasse es sein.

Was ist mit meinem Mann?

Dein Mann ist der perfekte Gentleman. Es läuft gut zwischen euch.

Ich habe nie behauptet, dass zwischen uns etwas nicht stimmt.

Und was ...

Ich habe dir gesagt, dass ich nicht weiß, was für eine Art Liebe es ist, diese Liebe, die ich für dich empfinde. Du hast doch bestimmt nicht an eine Romanze gedacht?

Ich verschlucke mich, muss husten, sie klopft mir auf den Rücken, als hätte sich unser Alter vertauscht. Ich ringe nach Luft, und noch bevor sich der Husten wieder beruhigt hat, stoße ich hervor, solange ich noch die Worte finde:

Ich dachte wohl, in deinem Leben gibt es eine große Leerstelle und dass ich genau in diese Leerstelle passe.

Sie hört auf, mir auf den Rücken zu klopfen. Ich höre auf zu husten.

Ich dachte, du brauchst mich. Aber du warst nur gierig.

Wir starren uns an wie argwöhnische Tiere, umkreisen uns, ohne uns zu bewegen.

Was zur Hölle, sagt sie schließlich. *Du bist nicht die Wohlfahrt. Ich bin kein Sozialfall. Worum geht's hier?*

Es ist irgendwie der Unterschied zwischen Liebe und Begierde.

Sprich nicht von Dingen, von denen du nichts weißt.

Ich will dich nie mehr wiedersehen.

Sag das nicht – du meinst das nicht so.

Ich kaufe dir einen Schaukelstuhl. Das reicht doch für Frauen in deinem Alter? Stricknadeln, eine Rolle Garn? Warum glaubst du, dass du Aufmerksamkeit und Hingabe verdient hast? Deine Zeit ist abgelaufen.

Du kannst mich jetzt nicht einfach stehen lassen.

Warum denkst du, dass sich jeder nach dir richten sollte?

Weil ich alt bin, und weil ich sterbe.

Du stirbst nicht.

Wir sterben alle.

Wenn du stirbst, freu ich mich.

Ich warne dich, sag das nicht noch mal.

Wenn du stirbst, freu ich mich.

Ich will dich nie mehr wiedersehen.

Perfekt. Hab ich das nicht gerade auch gesagt?

Sie dreht sich abrupt um und geht über den Rasen, steigt in ihr Auto.

In mir reißt etwas, zieht sich durch meine Brust, als ihr Wagen um die Ecke biegt.

...

Wir standen auf dem Pier, als ich meinen Kohlestift sinken ließ und fragte: Jenny, ist das Leben schwer oder leicht?

Das Leben ist schwer. So ist es ausgelegt.

Warum ist es so ausgelegt?

Das Leben ist schwer, weil wir uns mit den Dingen arrangieren müssen, die wir nicht haben, um weiterzukommen.

Sie sah mich durch ihre Sonnenbrille an, über das Buch hinweg.

Aber das Leben ist so leicht mir dir. Wer will da schon weiterkommen?

Jenny!

Was?

Du kannst doch nicht einfach solche Sachen sagen.

Wer behauptet das? Ich hab's doch gerade getan.

…

In London frage ich mich manchmal, ob sie auch da ist, wenn ich mit der U-Bahn von Waterloo nach King's Cross fahre, wenn ich ein Buch im Regent's Park lese, wenn ich an der goldenen Figur, die in Dalís *Metamorphose des Narziss* am See kniet, in der Tate Modern vorbeikomme. Ich gebe mir große Mühe, keine Angst zu haben, mich dem Leben zu stellen, zu geben, die Stadt aufzunehmen, während sie sich mir öffnet. Ich gehe mit meinen Kommilitonen auf Partys. Ich blase einem walisischen Jungen einen in der Gasse hinter einem Pub, und ein paar düstere Stunden lang fühle ich mich weltgewandt und selbstzufrieden, und dann, als ich aufwache, kann ich eine Woche lang nichts essen, ohne mich an seinen widerlichen mineralischen Geschmack zu erinnern oder daran, wie er ständig gegen meinen Hinterkopf gedrückt hat, oder dass ich nicht einmal mehr seinen Namen weiß. Ich denke an Jenny, ihre Hand auf meinem Knie, die sagt: *Alice, du musst der Mittelpunkt deines eigenen Universums sein,* und ich spüre die Scham in meiner Brust, weil ich mich nur um andere Menschen drehen kann.

Ich würde zu gern wissen, was du gerade denkst? Mein Date, ein langgliedriger Junge mit blassen Sommersprossen, fragt mich das, während wir die *Metamorphose des Narziss* betrachten. Ich sehe ihn an, weiß, dass er denkt, wir würden über das Manifest des Surrealismus reden, diesen besonderen Blauton, von dem Dalí so eingenommen war, oder wie Dalí Joseph Cornell beschuldigte, seine Träume zu stehlen.

Ich musste nur gerade an jemanden denken.

Einen Jungen in Singapur?

Nein, eine Frau.

Ich wusste nicht, dass du auf beides stehst.

Tu ich nicht. Sie ist alt genug, um meine Großmutter zu sein.

...

Nach einem halben Jahr komme ich zum chinesischen Neujahr zurück und beschließe nach einer Woche, sie zu besuchen. Ich habe an ihre Falten gedacht, die sich um ihre Augen bilden, wenn sie lächelt. An diese farblosen Lippen und die geistreichen Dinge, die sie von sich geben, ihre pergamentene Haut. Die Venen an ihrer Schläfe, die weißen Wurzeln ihrer gefärbten Haare und diesen satten, satten Geruch.

Meine Mutter gibt mir zwei Paar Orangen mit, als Festtagsgeschenk. Jenny ist dafür nicht der Typ, sage ich, aber sie drückt sie mir in die Hände.

Das Haus ist verbarrikadiert, ummantelt von einer blauen Bauplane. Ein Bauschild hängt am Tor: GRUNDSTÜCK MIT ZWEI HÄUSERN MIT KELLER UND POOL. Ich hätte anrufen sollen, nur dass ich meine hiesige Nummer abgemeldet hatte, bevor ich abgereist war. Es hatte sich gut angefühlt, keine Spur zu hinterlassen, sie war nicht jung genug, um zu wissen, wie sie mich im Internet aufspüren könnte.

Ich klingele bei den Nachbarn, und eine dickliche Frau öffnet. Hallo, ich bin eine Freundin von Jenny. Wissen Sie, wo sie hingezogen sind? Sie sieht mich verunsichert an. Na ja, Charles wohnt jetzt bei seinem Neffen. Jennifer – Sie haben das von Jennifer sicher gehört? Ich war im Ausland, sage ich. Ich merke, wie mir das Blut aus dem Gesicht weicht, und ich beiße mir auf die Zunge, gerade fest genug, damit sie wehtut. Sie wirft kurz einen Blick in ihr Haus, wo im Wohnzimmer ihre Verwandten ein Kartenspiel unterbrochen haben und darauf warten, dass sie zurückkehrt. Das war's mit meiner Glückssträhne, murmelt sie und wendet sich wieder mir zu. Knochenkrebs, sagt sie, Stufe vier. Es war fürchterlich, sie am Ende so zu sehen, so dünn und zerbrechlich. Und Charles – nun, Sie können sich vorstellen, dass es ihm das Herz gebrochen hat. Die Beerdigung war erst letzten Monat, gleich danach hat Charles das Haus verkauft. Für ziemlich viel Geld, muss ich hinzufügen. Der Grundstücksmarkt ist gerade richtig heiß, und das ist ja auch nichts für einen alten Mann, ganz allein in so einem großen Haus, oder?

...

Ich laufe in meinem Parka durch London, setze die Kapuze auf, und die kleinsten Kleinigkeiten erinnern mich an sie. Zuckerwürfel. Strumpfhosen. Zigarettenrauch. Drehtüren. Parfüm mit Rosenduft. Ich versuche immer, nie innezuhalten. Ich stelle mir immer noch vor, wie sie ihre Sonnenbrille abnimmt, mich anlächelt, nur mich, wie sie sagt: *Schau nicht in die Sonne*, und dann finde ich mich weinend in einem Café oder auf einem Bürgersteig oder in einem Plattenladen wieder, und über Lautsprecher höre ich Paul McCartneys Stimme, die singt »All You Need Is Love«, und das *pa-pa-rum-pa-rum* der Trompeten.

Sie sang in der Hoteldusche in Penang. Die Badezimmertür war geschlossen, aber vom Bett aus konnte ich sie hören. Es war ein Doppelbett. Sie sang ein Medley aus Beatles-Refrains, aber sie hatte alle Texte verändert. Sie hatte die Stimme einer Frau, die tausend Zigaretten geraucht hatte.

Sie kam heraus und sang »All You Need Is Love«, nur dass sie den Text zu »All You Need Is Love Is A Lie« geändert hatte. Sie lächelte mich an, während sie sang, und ich lächelte zurück. Sie setzte sich vor den Spiegel, kämmte ihr Haar. Als sie zurück ins Bad ging, um es auszuspülen, ging ich zum Frisiertisch, hielt die Bürste an meine Nase und atmete ihren Duft ein.

Ich ging wieder ins Bett, legte mich auf die Kissen. Ich hörte sie gurgeln, ausspucken, gurgeln, ausspucken, Ich hörte das Wasser rieseln, als sie sich das Gesicht wusch, die kleinen Spritzer. Ich hörte, wie sie den Toilettensitz hochklappte. Ich hörte sie pinkeln. Sie pinkeln zu hören, während ich auf dem Hotelbett lag, brachte mein Herz fast zum Bersten.

VIERZEHN EINTRÄGE AUS DEM TAGEBUCH DER MARIA HERTOGH

30. Dezember 1950

Ich bin erst dreizehn, aber ich möchte dir gern sagen: Es gibt etwas, das viel schlimmer ist, als von niemandem geliebt zu werden, und das ist, von *allen* geliebt zu werden.

28. März 1951

Kennst du Helena von Troja, sprich *Schöne Helena / War das der Blick, der tausend Schiffe trieb ins Meer*?

Heute hat mir Schwester Ana ein Gedicht über sie vorgelesen. In plutarchischer Dichtung klingt es recht harmlos, aber es waren Kriegsschiffe, und Männer starben, Imperien zerfielen.

Mein Name – mein geheimer Name, mein wirklicher Name – ist Nadra, und letztes Jahr gab es auf einer kleinen malaiischen Insel einen Aufruhr wegen mir. Muslime aus Pakistan, Saudi-Arabien und Indonesien boten an, meiner Ibu Geld für Anwälte zu schicken und Demonstranten zur Unterstützung zu organisieren. Ich bin nicht so schön, aber ich habe lockiges braunes Haar, und meine Haut ist weiß. Ich erwähne das, weil man auf dieser Insel gelbe oder braune oder schwarze Haut hat und dunkles Haar. Hier sagen sie mir, dass ich Huberdina Maria Hertogh heiße oder Bertha. Mein Haar war einmal blond, aber als ich sieben war, rasierte mir meine Ibu den Kopf – aus Angst, die Japaner würden mich ihr wegnehmen, wenn sie wüssten, dass ich ein europäisches Kind bin – und rieb mir ein Jahr lang Kerzennussöl auf den Schädel, bis die Haarwurzeln dunkel herauswuchsen.

Während ich das schreibe, denke ich darüber nach, wie ich am besten Adeline verärgern kann, meine sogenannte Geburtsmutter. Sie hat mich Ibu weggenommen, mit der ganzen Macht der Niederlande im Rücken. Die Wahrheit ist, dass sie mich Ibu überlassen hat, als ich sechs war, zusammen mit einer alten Nähmaschine. Heute sagt sie, dass sie mich nur drei Tage in Ibus Obhut lassen wollte und dass sie mich nicht zurückholen konnte, weil sie von den Japanern ins Gefängnis gesteckt wurde. Ich glaube ihr das keine Sekunde.

Ich schreibe dieses Tagebuch aus Solidarität mit Menschen wie Anne Frank, von der mir Schwester Ana erzählt hat. Eines Tages werde ich sterben, nachdem ich gelitten habe, und jemand soll meinen Worten Beachtung schenken. Wie Anne wohne ich auf einem Dachboden, umhüllt von einem gewissen Geheimnis, obwohl ich zwischen meinen beiden Schwestern schlafe. Sie haben Angst, dass ich versuchen werde wegzulaufen. Vergib mir die schwelgerische Orientierung an großen, längst verstorbenen Frauen, die berühmt waren für ihre Schönheit oder Haltung.

Einzig sehne ich mich hier nach einem fernen Trost – sicherlich nicht am Busen von Adeline, die mich häufig drangsaliert, die mich zwingt, die gesamte Hausarbeit zu erledigen. Auch wenn sie mich manchmal mit Reis zu den Mahlzeiten versorgt – das körnige Brot und die Kartoffeln, die sie hier zu ihren drei Mahlzeiten essen, sind so widerlich –, hat sie bereits ihre Wut an mir ausgelassen, und ich werde ihr nie vergeben.

3. April 1951

Allahu Akbar.

Allah, ich bitte dich um Vergebung.

Ich weiß, du hast schon längst die Fotografie gesehen, die sie von mir machten, die mit der Schlagzeile *Bertha kniete vor Marienstatue* und auch die auf der Titelseite des *Singapore Standard*, wo ich die Hand der Mutter Oberin halte. Ich fand es schlicht unhöflich, mich zurückzuziehen. Ich lache auf dem Foto am Klavier, weil die Nonnen mit mir herumgeflachst haben, bevor das Foto aufgenommen wurde. Sie hätten mich genauso gut festhalten und kitzeln können. Versteh bitte, die Nonnen waren nett, aber ich wusste selbst inmitten dieser Güte, wo meine Loyalität lag. Sie waren sanft, als sie mir mein *baju kurung* abnahmen und ein westlichen Kleid gaben. Sie bürsteten mein Haar und steckten einen großen weinroten Bogen hinein: *Sieh doch nur. Wie hübsch du damit aussiehst, Bertha!*

Aber Allah, ich lege nur dir Rechenschaft ab.

Ich führe meine Waschungen immer noch durch. Heimlich, verstehst du. Ich habe auf dem vollgestopften Dachboden, den ich mir mit meinen Schwestern teile, eine Schüssel, von der sie glauben, sie sei für die Katze, aber wenn es ruhig ist, vollziehe ich *wudū'*, ich benetze Hände, Mund, Nase, Arme, Gesicht, fahre mit den feuchten Händen durch mein Haar.

Jeden Tag sage ich dieselben Gebete: Ich bete, dass diejenigen, die wegen mir starben, und die vielen Hundert, die verletzt wurden, mir vergeben können, ob sie malaiisch, chinesisch, indisch, europäisch oder eurasisch sind. Wirst du deine Umarmung ausdehnen und deine Güte auch diesen Seelen bescheren?

Ich erinnere mich an die Art zu beten, die mir Ibu beibrachte. Ich habe auf einer Weltkarte Saudi-Arabien gefunden, wo Mekka ist. Die Niederlande sind nach oben und dann links, also knie ich mich in meinem Zimmer diagonal nach rechts, um mich nach der Kaaba auszurichten.

Allah, ich bete darum, dass Ibu und Mansoor durch dich immer sicher sind und es warm haben und dass wir bald wieder vereint sind.

17. Mai 1951

Heute sagte ich zu Adeline: Es ist offensichtlich, dass du mich nicht liebst. Deshalb hast du mich jemand anderem gegeben. Warum bist du gekommen und hast mich zurückgeholt?

Adeline sagte: Zu der Zeit hatte ich keine Möglichkeit, mich um alle Kinder zu kümmern.

Ich sagte: Wenn du sechs Kinder durchfüttern konntest, wäre es doch sicher möglich gewesen, dass du dich noch um ein siebtes kümmerst. Abgesehen davon esse ich nicht so viel.

Da schlug mich Adrianus. Er sagte: Du undankbares Kind. Genau dieselben Worte hatte der holländische Abgesandte gebraucht, als ich am 15. Dezember im vergangenen Jahr am Flughafen Schiphol ankam, wo er mit zur Begrüßung ausgestreckter Hand stand, direkt vor der Pressekonferenz, und ich mich weigerte, sie zu schütteln. Warum hätte ich das tun sollen?

Tausende Menschen, die meinen Namen in dem eisigen Winter auf der Rollbahn riefen. Und noch mehr Menschen bei unserer Ankunft in Bergen op Zoom. Der Wagen musste wegen der Menschenmenge einen halben Kilometer vom Haus entfernt halten. Jemand sagte, sie hätten hier bei Tagesanbruch schon ihr Lager aufgeschlagen und auf meine Ankunft gewartet, ob sie mein Gesicht berühren dürften? Sie streckten die Hände aus, und als ich zurückschreckte, zuckten sie zusammen. Wie unglaublich es ist, den eigenen Egoismus für jemand anderes Glück zu halten.

2. Dezember 1951

Heute beim Wäschewaschen bluteten mir die Hände. Es war nur eine Frage der Zeit gewesen. Wenn man sie nicht mehr spüren kann, ist Schmerz kaum ein gutes Zeichen, ganz abgesehen von den Blasen.

Das Wasser ist zu Eis geworden, und ich muss immer noch die Kleidung mit der Hand waschen – die Kleidung der gesamten Familie: Adeline, Adrianus, Wiesje, Corry, Kees, Benny, Carol und Ria. Wie gern ich die Arbeitshosen von Adrianus zerreißen möchte oder die Schürze von Ria.

Während die Haut meiner nassen Hände zusammenschrumpelte, dachte ich an Adelines Behauptung vor dem Gericht in Singapur, dass Ibu eine *babu* war, die mich gekidnappt und in den Dschungel gebracht hatte. In den Dschungel! Ibus Häuser in Bandung und Malaya waren schöner als dieses in Bergen op Zoom. In Bandung hatten wir ein Hausmädchen und einen Gärtner. Hier bin ich nun in der Tat eine *babu*, die die Böden schrubbt und alle Betten macht.

Meine Ibu war vieles, aber keine *babu*. Eine Japanischlehrerin und eine Goldschmiedin zum Beispiel. Sie gab mir immer den modernsten Schmuck, und ich spielte dann, ich sei Mata Hari. Alle Kinder im Dorf beneideten mich. Später nahm Adeline den ganzen Schmuck, den mir Ibu geschenkt hatte. Die kleinen Süßwasserperlenohringe, die ich so gern trug, stecken jetzt in ihren Ohrläppchen.

29. März 1952

Ich bin schon fünfzehn, aber ich gehe in die Grundschule in St. Gerardus Majella in trübseliger Gesellschaft von Mädchen, die fünf Jahre jünger sind, weil ich erst seit Kurzem Holländisch lerne. Wie Mädchen so sind, finden sie sich schnell zusammen und spielen dumme Spiele und beschimpfen Außenseiter.

Sie nennen mich *reus*, was Riese bedeutet. Es ärgert mich nicht besonders – man hat mich immer beschimpft, sie nannten mich früher *orang puteh, orang puteh* wegen meiner hellen Haut – aber ich bin traurig, weil ich mit niemandem hier malaiisch sprechen kann. Ich habe Angst, dass mir die Wörter entgleiten, und deshalb tröstet es mich sehr, diese Wörter in der Sprache meines malaiischen Heimatlands in dieses Tagebuch zu schreiben.

Wir dürfen zu Hause nicht malaiisch sprechen, obwohl alle von uns, außer Ria, die in den Niederlanden geboren wurde, es beherrschen, weil wir in Malaya gelebt haben. In einem Wutanfall sagte ich letzte Woche zu Corry – *Aku hati jahat.* Adeline war außer sich und befahl mir, die Böden zu wischen, obwohl ich damit schon fertig war. Adeline selbst ist eurasisch – ihre Mutter, meine Großmutter, Nor Louise, war eine *bangsawan*-Schauspielerin. Onkel Soewaldi, ihr Bruder, war Muslim und heiratete eine Indonesierin – obwohl Adeline, was das betraf, vor Gericht gelogen hat.

Sie hatte ihre Hand auf die Bibel gelegt, das Buch, das sie so sehr verehrt, und vor dem Richter und dem Gerichtssaal geschworen, dass sie die Wahrheit, die ganze Wahrheit und nichts als die Wahrheit sagen würde. Jetzt muss ich zu ihren Füßen sitzen, während sie Psalme liest.

15. Dezember 1953

Ibu, das Letzte, was ich dich zu mir sagen hörte, was ich Wort für Wort für dich wiederholte, war:

Ich würde mich lieber umbringen, als von dir getrennt zu sein.

Dann bist du sofort ohnmächtig geworden, und sie fuhren mit mir im Auto davon.

Das war vor drei Jahren, und wir leben beide noch.

Wir enttäuschen uns gegenseitig.

27. April 1956

Eine Woche verheiratet, und ich frage mich schon, ob es eine schlechte Wahl war – einen Ehemann zu nehmen, um eine Mutter zu verlassen. Sicherlich denkt sonst niemand so? Ich wache morgens auf und sehe, wie Gerards Mund zittert, wenn er schnarcht, wie er die Hände an seine Brust presst, und ich fühle mich stumpfsinnig und plump – ein schlechter Anfang für den Tag. Wenigstens hatte ich bei Adeline mein eigenes Bett ganz für mich: Ich musste ihr Geschwätz nur tagsüber ertragen, und ich konnte mir leicht etwas zu Mittag einpacken und am Kanal essen.

Heute las ich etwas über die Knochen einer alten Anachoretin, die man in der Gertrudiskerk gefunden hat. Die Anachoretin hatte man in die Kirchenwände eingeschlossen, um die Kirche vor dem Bösen zu beschützen. Bevor man sie in die Zelle schloss, wurde ein Ritual an ihr durchgeführt, den Sterbesakramenten nicht unähnlich. Alles, was sie bei sich hatte, war eine Bibel und ein Nachttopf. Ein ziegelsteingroßes Loch in der Wand ging zur Straße hinaus. Die Gläubigen ließen dort Essensreste und Wasser für sie und halfen ihr, die Fäkalien zu entsorgen. Wenn der Glaube der Menschen schwand oder sie sie einfach vergaßen, litt die Anachoretin Hunger und Durst, bis sie daran starb.

Könnte ich doch bloß eine solche Frau sein, nur um zu entkommen. Von Müttern, von Männern. Vom Kinderkriegen, von Launen.

15. Februar 1957

Die Geburt eines dicken Jungen, meinem. Adeline ist sehr glücklich. Ich sah sie mit vor Aufregung rotem Gesicht während meiner Wehen neben mir stehen, als wäre es der wahrhaftige Anfang ihrer Erlösung. Als ob *sie* durch *meine* Mutterschaft gereinigt würde – weil ich nun endlich verstehen würde, was sie damit jedes Mal gemeint hat, wenn sie sagte, sie täte es nur zu meinem Besten. Dass es nun wahr werden würde.

Wir haben ihn Frans genannt.

2. Juli 1967

Frans, Marlies, Theo, Huub, Carolien, Paul, Maryolien, Hans, Peter, Silvija.

Jedes Jahr ein Kind, wie ein Uhrwerk. Ich bin immer schwanger. Ich bin im Jahr mehr schwanger als nicht schwanger, jedes Jahr seit zehn Jahren, und mir wird klar, dass dies vielleicht die wahre Bestimmung einer verheirateten Frau meiner Zeit ist. Was dem Schicksal einer, sagen wir, Sau nicht unähnlich ist.

18. Januar 1976

Eine junge Frau kam heute ins Café, Het Pumpke. Sie hatte kurz geschnittenes Haar und trug Jeans. Sie kam direkt auf mich zu – ich hatte die Hände voll mit dreckigem Geschirr von den abgeräumten Tischen – und stellte sich als Doktorandin für feministische und postkoloniale Theorie an der Erasmus-Universität in Rotterdam vor. Gerard musterte sie aufmerksam. Sie sagte, sie schriebe eine Arbeit über mich als Symbolfigur für die letzten Spuren des Empfindens eines Stolzes für eine schwindende Kolonialmacht. Ich erinnere mich deshalb genau genug daran, um es Wort für Wort aufzuschreiben, weil ich sie drei Mal bat, es zu wiederholen – es waren so viele schwere Wörter, und sie sagte sie jedes Mal in einem Atemzug. Sie sagte es, als müsste ich mich geehrt fühlen, aber ich konnte ihr noch verzeihen, weil sie nicht für die Presse arbeitete und weil ihre Augen vor jugendlicher Entschlossenheit leuchteten.

Was hab ich damit zu schaffen, fragte ich, und sie dachte, ich wäre dumm, ich hätte es nicht verstanden, und sie müsste es mir noch einmal erklären.

Sie sind meine Doktorarbeit, sagte sie dauernd.

Das verstehe ich, sagte ich noch mal. Aber was hab ich mit Ihrer Doktorarbeit zu schaffen?

Ich glaube, diesmal verstand sie es. Sie setzte sich hin und bestellte *stamppot*. Ich machte mit meiner Arbeit im Café weiter. Sie sah aus dem Fenster und rauchte. Sie hielt ihre Zigaretten entschlossen und rigoros, so wie es ein Mann tun würde.

Als wir schließen wollten, kam sie endlich zu mir und sagte: Ihr Leben gehörte nicht Ihnen.

Damit hatte ich nicht gerechnet. Ja, sagte ich, und dann weinte ich. Ich hob meine Schürze, um mir das Gesicht abzuwischen, und sie versuchte, mich zu umarmen.

Bitte, sagte ich, bitte lassen Sie mich in Ruhe. Sie zögerte, dann ging sie raus, sie ließ ein Trinkgeld auf der Theke liegen. Es war ein großes Trinkgeld – zwanzig Gulden. Ich hob es auf, um davon die Behandlung der Lungenentzündung meiner Maryolien zu bezahlen.

31. Januar 1987

Es heißt, dass dieser Ferienort einst Frank Sinatra gehörte und dass Marilyn Monroe einen Winterurlaub hier in Lake Tahoe verbracht hat. Ich klammere mich an diese Gedanken, wenn ich gebrauchte Kondome aus den Toiletten fische, obwohl ich in einem kleinen Motel auf der anderen Seite des Boulevards bin, wo Marilyn bestimmt niemals gewesen ist. Um über die Runden zu kommen, arbeite ich in sieben Ferienhäusern und Motels. Ich erlaube mir keine freien Tage. Wie heißt es noch gleich? Müßiggang ist aller Laster Anfang?

Eines der ersten wenigen englischen Wörter, die ich lernte, war *chambermaid*, Zimmermädchen. Und *the land of the free,* das Land der Freien – etwas, das Ben zu mir sagte, immer wieder, wie einen Zauberspruch – und *prostitution*. Ich war überrascht, dass *prostitution* in den restlichen neunundvierzig Staaten im *land of the free* nicht legal war – nur in regulierten Puffs in Nevada. In den Niederlanden gab es solchen Blödsinn wie diesen nicht, solange es sich um einvernehmlich agierende Erwachsene handelte.

Immer wenn ich an diesen Ausdruck denke – einvernehmlich agierende Erwachsene – muss ich an Mansoor denken. Wie lustig es ist, dass wir getrennt wurden, weil ich – nach der britischen Verfassung – nur ein Kind war. Ein Jahr vor meinem vierzehnten Geburtstag – dem legitimen Alter für eine muslimische Heirat, drei Jahre vor meinem sechzehnten Geburtstag, dem legalen Heiratsalter in England. Lustig, weil sie das ungehörige Benehmen eines Ehemanns befürchteten, der neun Jahre älter war als ich, sie wurden von den Regeln ihrer eigenen armseligen Moral geleitet, nicht von der Moral Mansoors. Es war Mansoor selbst, der Ibu vorgeschlagen hatte, dass wir ein *nikah gan-*

tung eingehen, weil ich so jung und er noch Lehrer in der Ausbildung war. Er sagte, wir würden unsere Ehe vollziehen, wenn ich einundzwanzig wäre. Er wäre dann dreißig. Er hätte acht Jahre auf meine Jungfräulichkeit gewartet.

Drei Scheidungen später, und ich hatte nie wieder solche Sanftheit bei einem Mann erlebt. Was sie immer gleich auf Anhieb wollen, ist das übliche Rein-Raus. Je früher, desto besser. Wenn man sich vorstellt, dass es hieß, mein muslimischer Ehemann sei ein Wilder, vor dem man mich beschützen müsste, wenn er in Wirklichkeit einer noblen Familie entstammte, so wie Ibu, und gebildeter war als jeder andere Mann, mit dem ich seitdem zusammen war. *De Telegraaf* veröffentlichte unser Hochzeitsfoto und nannte mich *Die Kindsbraut.* Mansoor trug seine runde Brille, die ihm, wie ich fand, ein gelehrtes Aussehen gab, und seinen *songkok* und grinste breit in die Kamera. Ein Mädchen aus meiner Schule sagte einmal: Ich hab dein Hochzeitsfoto gesehen, ein Jahr bevor du zurückgekommen bist. Mein Vater hat es mir und meinen Schwestern gezeigt. Alle waren sehr wütend, dass du einen Affen heiraten musstest.

Mein malaiischer Ehemann war der feinste Mensch, den ich je getroffen habe, erwiderte ich, und sie wusste nicht, ob ich einen Scherz mache. Wir waren damals erst fünfzehn und hatten nur wenig Kontakt zu Männern – aber es hatte gestimmt – und es stimmt bis zum heutigen Tag: Mansoor ist der feinste Mensch, den ich je getroffen habe.

23. März 1988

In den Ferienhäusern und Motels von Lake Tahoe sind zu jeder Tageszeit Paare intim miteinander. Ich arbeite sowohl die Morgen- als auch die Nachtschicht. In den billigeren Motels, wo die Wände dünner sind, höre ich sie so laut und deutlich wie die Nebelhörner im Hafen.

Immer wenn ich diese Geräusche höre, denke ich an Mansoor, und manchmal spüre ich einen leichten Schauer auf meinen Unterarmen oder zwischen meinen dicken Schenkeln – wie Muskelgedächtnis, nur dass wir uns nie berührt haben. Manchmal – in all den Jahren – wenn ich ehelichen Verkehr mit Gerard oder Tom oder Ben hatte, schloss ich die Augen und tat so, als wären sie Mansoor.

Die Nordküste von Nevada ist ein Land der Sünde. Zuerst konnte ich nicht verstehen, warum jemand herkommen wollen würde, trotz der großartigen Schönheit der Natur. Zum Skifahren und Wandern ja, aber dann diese Kasinos mit den dicken Teppichen und den Croupiers mit den zurückgegelten Haaren, die illegalen Prostituierten, die an den Straßenecken warteten – einige waren sehr schön, andere so alt und dick, wie ich es jetzt bin.

Was würde Mansoor über mich denken? Ich erinnere mich daran, wie ich mit ihm im Koran las, an den harmonischen, monotonen Klang, mit dem er die Heiligen Schriften intonierte. Er konnte *khatm* auswendig, ohne in den Koran zu schauen. Ich schaffte *khatm* zweimal und schaute dabei in den Koran.

Als sie mich zurück nach Bergen op Zoom brachten, versuchte ich während des ersten Monats verzweifelt *khatm* aus dem Gedächtnis, weil Ibu sagte, wer *khatm* beendet, dessen Gebet wird erhört: *Wenn Allah es will, belohnt Er ihn in dieser Welt, oder Er wartet damit im Jenseits und schenkt ihm einen Baum im Paradies.*

Aber ich konnte mich nicht einmal auch nur an die ersten fünf Verse der Sure al-Baqara erinnern.

Ich erinnerte mich nur an unzusammenhängende Fetzen, die ich auf merkwürdige Art schön fand:

Und wenn die trächtigen Kamelstuten vernachlässigt werden—

Die Menschen sind wahrlich im Verlust—

Vor dem Übel derer, die auf Knoten blasen, um sie zu lösen-

Vor dem Übel des Einflüsterers, der den Menschen in die Brust einflüstert—

11. Juni 1989

Ich werde in zwei Höllen schmoren.

Bei meiner Beerdigung, wann und wie ich auch sterbe, möchte ich, dass diese kleinen Buddha-Statuen an meiner Grabstätte verteilt werden. Ich habe die Statuen schon gekauft, sie sind aus mit Bronze überzogenem Aluminium, ich habe sie in alte Zeitungen eingeschlagen und nach ganz hinten in meinen Kleiderschrank gepackt. Ich möchte verbrannt werden, damit im Tode nicht über meinen Körper gestritten wird.

An meinem dritten Tag als Zimmermädchen vor zwei Jahren öffnete ich die Nachttischschublade in einer Ferienanlage, um die Übersichtskarte für das Pay-per-view-Fernsehen wegzulegen, und da sah ich sie, nebeneinander: die Bibel, den Koran und ein laminiertes Buch mit dem Bild eines steinernen Buddhas. Erst war ich wie gelähmt, dann knallte ich die Schublade zu.

Ich schrubbte die Toilette und wechselte die Laken, dann öffnete ich die Schublade wieder und nahm das dritte Buch heraus. Darauf stand Lotus Sutra, und ich schlug es auf.

Du, der reichste Mensch der Welt. Du hast endlos gearbeitet und dich geplagt. Du weißt nicht, dass du bereits alles besitzt, wonach du suchst.

Seitdem öffne ich manchmal die Schubladen in den Ferienanlagen – in den Motels haben sie so etwas nicht –, um nach der Bibel und dem Koran zu schauen, wie sie geschlossen nebeneinanderliegen wie Kleinkinder in ihren Bettchen. Später fand ich durch andere buddhistische Texte in den Schubladen heraus, dass es keine allein gültige heilige Schrift gibt, auf die sich der Buddhismus beruft, es gibt auch kein Glaubensbekenntnis und kein Ein-Gott-Konzept. Ich fing an, alle buddhistischen Texte zu lesen, die ich finden konnte, aber ich schlug nie die Bibel oder den Koran auf.

Heute blätterte ich aus Spaß – obwohl ich nicht mehr an Jesus oder Allah glaube – mit zitternden Händen in der Bibel. Mein Auge verfing sich in diesem Vers:

Und zum Weibe sprach er: Ich will dir viel Schmerzen schaffen, wenn du schwanger wirst; du sollst mit Schmerzen Kinder gebären; und dein Wille soll deinem Mann unterworfen sein, und er soll dein HERR sein.

Und dann öffnete ich den Koran:

Und die Berge, die du für fest hältst, wirst du wie Wolken dahingehen sehen: Das ist das Werk Allahs, Der alles vollendet hat. Wahrlich, Er weiß wohl, was ihr tut.

Ich zog die Vorhänge auf und öffnete die Fenster, sah hinaus auf den See und die Berge, atmete die beißend frische Luft ein.

KÜKEN

Als du neun warst, hattest du einmal ein flauschiges gelbes Küken auf der Hand sitzen, du hast es behutsam in die Finger geschlossen. Es war bei einem Ausflug in den Zoo, und die Tram hatte vor den Nutztieren gehalten. Es stank nach Ziegenscheiße und Heu, und es gab dickwanstige schwarze Schweine in einem Pferch, die du dir den ganzen Nachmittag hättest ansehen können, abgestoßen und angezogen von ihrem jämmerlichen Körperbau.

Vierzig von euch hielten gelbe Küken in der Hand, und du warst die Einzige, die den Drang verspürte zuzudrücken, du wusstest gar nicht, warum. Du liebtest Tiere, und du warst ein gutes Kind. Der Kopf des Kükens schaute aus deiner geschlossenen Faust, und du konntest die Flügel spüren, die gegen deine Handinnenfläche schlugen, die du um seinen kleinen, warmen Körper geschlossen hattest.

Du wolltest nur einmal sehen, wie weit du gehen konntest, wie damals, als du deinen Finger getackert hattest. Und als du dir die Perle in das linke Nasenloch gesteckt hattest. Der aufregende Schrecken des Moments, die zwillingshaften Blutflecke, das kurzzeitige Aussetzen der Atmung. Du kanntest nur noch nicht den Unterschied zwischen dir selbst etwas antun und anderen Sachen oder Menschen etwas antun, und jetzt war da ein totes Küken in deiner Hand.

Alle waren sich einig, dass es ein Unfall war, weil du weintest. Du weintest nicht sofort, du beantwortetest stoisch ihre Fragen. Du weintest nicht deshalb nicht, weil du dich nicht schlecht fühltest – du gingst nach Hause und übergabst dich –, sondern weil Weinen dir so kindlich und verlogen erschien. Du hattest nur ein sehr aufwendiges Experiment auf Kosten eines Lebewesens durchgeführt. Aber dann fiel dir auf, dass deine teilnahmslose Haltung Verdacht bei den Lehrerinnen, die dich befragten, erregte, und du musstest nur weinen, damit sie dich gehen ließen, also weintest du, was hättest du auch sonst tun sollen? Was hätte es gebracht, sich kleinlichem, spöttischem Schimpfen zu fügen, wenn deine innere Landschaft in Flammen stand? In dem Moment, als deine Tränen fielen und die kleine, flaumige gelbe Leiche auf dem Tisch hinter dem Zooaufseher verschwimmen ließen, erkanntest du dich vollkommen.

Nur noch eine Sache dazu. Als sie dich vom Haken ließen, als die Lehrerinnen anfingen, dir tröstende, mütterliche Umarmungen und duftende Taschentücher anzubieten, sahst du, wie der Zooaufseher die schlaffe Hülle des Kükens in einen Eimer für Biomüll fallen ließ. Später, während der Pinkelpause für alle, schlichst du dich zurück in diese Hütte. Der Zooaufseher war nicht da, und du griffst in den Abfalleimer, der voller Torf war. Der Körper des Kükens war noch warm, und du hattest während der nächsten vier Stunden ein totes Küken in deiner Tasche. Du bewegtest dich mit graziler Sorgfalt, wie jemand, der erst kürzlich beschnitten worden war. Als du nach Hause kamst, begrubst du es unter einem Wachsblumenstrauch drei Häuser von eurem Bungalow mit der langen Auffahrt entfernt vor dem Haus anderer Leute. Jeden Tag, bis ihr wegzogt, legtest du eine Wachsblumenblüte auf die Steinmarkierung, die du tief in den Boden gekeilt hattest.

...

Als du dreizehn warst, hattest du eine beiläufige Unterhaltung mit einer Klassenkameradin über Filme, und sie gipfelte darin, dass sie dir anvertraute, sie könne nicht verstehen, warum sie urinieren wolle, wenn Leute auf der Leinwand ausführlich die Lippen aufeinanderpressten.

Diese Klassenkameradin war keine enge Freundin von dir, sie saß nur einfach laut Klassenplan neben dir, der durch zufällige Anordnung entstanden war, weil die Lehrerin die Hoffnung hegte, so den Lärmpegel im Klassenraum niedrig zu halten. Sie war außerdem, normativ gesprochen, ein Nerd, was wir auch immer von diesen Bezeichnungen innerhalb eines rauen, teenagerhaften sozialen Spektrums halten mögen, in dem wir darauf hoffen, selbst wohlwollend betrachtet zu werden.

Also hast du ihr etwas über Masturbation erzählt, und was es bedeutete, angetörnt zu sein, aber nur, weil *urinieren* ein so unelegantes, schrecklich irreführendes Missverständnis des eigentlichen Sachverhaltes war. Du hast darauf geachtet, von Anfang an darauf hinzuweisen, dass du selbst nicht masturbiertest (was stimmte) und dass du auch nicht (anders als sie) von ausführlich aufeinandergepressten Lippen auf der Leinwand angetörnt wärest. Dir wären diese Dinge nur theoretisch bekannt, weil du allgemein sehr belesen seist. Du fändest es auch ziemlich armselig, dass sie schon vom Küssen untenrum unruhig wurde – würde sie von Pornos ein Aneurysma bekommen? Du selbst hättest natürlich noch keine gesehen (was wieder stimmte), aber du *meintest ja nur*.

Sie hörte ruhig zu und stellte weitere Fragen, Fragen, die deinen Horizont weit überschritten, was im Grunde keineswegs überhaupt ein Horizont war: Sie und du wart in einer reinen Mädchenschule (auch noch der besten in der Stadt). Alle, die in eine gleichgeschlechtliche Schule verfrachtet werden, landen dort, weil die Eltern die sexuelle Reife verzögern und emotionale Ablenkung verhindern wollen, in der Überzeugung, dass es sich um ein zuträglicheres Lernumfeld handele – du wusstest so wenig, du warst nicht neugierig genug, um diese unausgesprochenen Grenzen selbst zu überschreiten, und sie war es auch nicht.

Aber zusammen, durch die motivierende Kraft zweier, die Legitimierung durch eine Komplizin, wurde aus euch beiden eine Einheit, die gemeinsam neugierig genug war, um mehr wissen zu wollen. Ihr gingt zu ihr nach Hause (Wir arbeiten an einem Wissenschaftsprojekt, sagtest du deiner Mutter, was nicht so weit von der Wahrheit entfernt war), und zusammen surftet (das Verb war damals noch nicht aus der Mode gekommen) ihr im Internet.

Bis du zum späten Abendessen wieder nach Hause gehen würdest, hattest du mit ihr zusammen herausgefunden, was Naturkaviar, Snuff, Pegging, Red Rhapsody, Facesitting, Bukkake, Tentakelsex und Creampie waren.

Du gingst nach Hause, ohne noch viel darüber nachzudenken, aßt zu Abend, machtest deine Hausaufgaben und gingst zu Bett. Die nachfolgenden Tage vergingen ohne Trara, ihr beide spracht nicht mehr über Masturbation et al., es war, als hätte sie das Thema nie angesprochen, als wärst du nie bei ihr zu Hause gewesen. Was dir ganz entgegenkam, es war nichts, worauf du stolz warst, aber du fühltest dich weder sonderlich beschämt noch schuldig, du hattest dir die Dinge objektiv angesehen, um eine schwache, adoleszente Neugier zu stillen, die nicht einmal im Vordergrund stand, obwohl, so kam es dir vor, ein gewisser Druck herrschte, sich solcher Dinge in der Praxis bewusst zu sein, um niemals die Zielscheibe eines anspielungsreichen Spotts zu sein, ohne es zu bemerken, und um weltgewandter zu wirken.

Daher war es eine ziemliche Überraschung, dass du in der folgenden Woche ins Büro der Schulleiterin gerufen wurdest, wo deine Sitznachbarin zwischen ihren Eltern auf der Couch saß. Die Schulleiterin saß hinter ihrem Schreibtisch. Davor stand ein leerer Stuhl.

Setz dich, sagte die Schulleiterin zur Begrüßung, und du setztest dich.

Die Schulleiterin erklärte, dass die Eltern deiner Sitznachbarin sie dabei erwischt hatten, wie sie Snuff-Pornos im Internet angeschaut hatte, und dann hatten sie Unmengen Pornos auf ihrem Computer gefunden, wobei das früheste Speicherdatum zwei Wochen zurücklag – der Abend, an dem du bei ihr gewesen warst. Deine Sitznachbarin hatte schnell gestanden, dass du es warst, die sie dazu verleitet hatte, die ihr von Masturbation erzählt und vorgeschlagen hatte, eine virtuelle Exkursion in die Welt der Internetpornos zu unternehmen, und sie ermutigt hatte, jeden Abend Pornos zu schauen.

Als du versuchtest, die Sache zu erklären, schenkte die Schulleiterin dir einen vernichtenden Blick, und als du wütend und fassungslos zu deiner Sitznachbarin herübersahst (sie vermied Blickkontakt mit dir, lehnte stattdessen schwach an der rundlichen Schulter ihres Vaters, der dich böse anstarrte), wurde dir klar, dass es gerade so lief, weil deine Sitznachbarin auf den ersten Blick ein Nerd war, und du, na ja, warst eben kein Nerd. Du warst von den Aufsichtsschülerinnen verwarnt worden, weil du mehrere Ohrenpiercings hattest (was in deinem Fall vier bedeutete, zwei in jedem Ohrläppchen, kein Vergleich zu den wirklich coolen Kids, die ihre oberen Ohrknorpel oder Nasen oder Zungen oder Bauchnabel piercten) und weil dein Schulrock kürzer saß. Deine Sitznachbarin trug eine dicke Brille, ihr Rock fiel über die Knie, und sie schleppte immer noch eine Wasserflasche mit Comicfiguren und einem bunten Nylonband mit sich herum.

Der Vater deiner Sitznachbarin sprach so wütend zu dir, dass sich der Speichel in seinen Mundwinkeln sammelte. Die Schulleiterin rief bei dir zu Hause an und forderte die sofortige Anwesenheit von einem oder mehreren deiner Eltern, um sie auf die Missetaten ihrer Tochter aufmerksam zu machen. Ihr Mund formte ein *Hallo*, und du stelltest dir deine Mutter am anderen Ende der Leitung vor. Du wusstest, dass sie vor Scham sterben wollte. Du wünschtest dir, du könntest wenigstens sie vor all dem beschützen, wenn schon nicht dich selbst.

Du schautest auf die makellos sauberen Schulschuhe deiner Sitznachbarin und die ordentlich hochgezogenen Socken, die Casio-Uhr, die sie fest am rechten Handgelenk trug. Der Vater deiner Sitznachbarin hielt seine Tochter sogar dann noch fest, als er dich von seinem Platz aus beschimpfte, seine Hosen spannten über seinem dicken Bauch, und du konntest die Beule sehen, die durch seine Genitalien entstand.

Du gabst auf. Du machtest das Nächstbeste, woran du denken konntest. Du stelltest ihn dir rot und nackt vor, mit dem drüsigen Geruch der unanständig Fetten. Du stelltest dir deine Sitznachbarin mit dem schlaffen Penis ihres Vaters in der unerfahrenen Hand vor. Ihre Hände waren so klein, und sie war so dumm, sie hatte beide Hände um ihn gelegt. Sie war so zaghaft und ungeschickt, dass sie ihn vielmehr seitlich massierte als ihn auf und ab zu reiben. Er ärgerte sich über sie; in seinen Mundwinkeln sammelte sich Speichel.

...

Als du am Junior College warst, konntest du es eine Zeit lang nicht sein lassen, dir kleine, saubere Schnitte an den Unterarmen zuzufügen. Ein flüchtiger Betrachter hätte es nicht verstanden. Du warst siebzehn. Du warst beliebt, und du wurdest begehrt, und du wurdest umworben. Du hattest jede Woche einen neuen süßen Jungen am Arm, sammeltest Namen und Herzen, wie es dir gefiel. Du erhieltest diverse Dinge, für die andere Teenagermädchen gestorben wären: Heliumballons, rote Rosen, handgeschriebene Briefe, maschinengeschriebene Gedichte, riesige Plüschtiere, Markenmäppchen für die Stifte, Schokolade. Für dich war jede Woche Valentinstag.

Und doch warst du unzufrieden. Du pflügtest dich durch die Jungs und suchtest nach etwas, das dich auf der Stelle haltmachen lassen würde, aber sie waren alle so unreif. Bis dahin musstest du den Verlauf der Zeit auf deinen Armen markieren, so wie Höhlenmenschen, vier vertikale Linien, eine horizontale darüber, zum besseren Zählen.

Deine Mutter weinte und dann auch dein Vater. Sie versteckten die Messer und alle anderen auch nur annähernd scharfen Objekte, als würden sie das Haus babysicher machen. Sie führten Taschenrazzien nach Klingen durch. Sie brachten dich zu einem Psychiater. Deine Mutter bot dir an, mit hineinzukommen, und du verdrehtest die Augen. Als du aufstandst, um hineinzugehen, sahst du dich noch mal zu ihr um: Sie wirkte so gedemütigt, weil sie allein im Wartezimmer eines Psychiaters sitzen musste.

Als du reinkamst, stand sein Stuhl mit dem Rücken zu dir. Als er sich umdrehte, machtest du auf der Stelle halt.

Es lag nicht daran, dass er schön war. Aber seine Hässlichkeit war so anders, so gut angeordnet. Vielleicht hatte es auch gar nichts mit seinem Gesicht zu tun, sondern damit, dass er dir den Rücken zugewandt hatte, als du eingetreten warst, und dass er sich dann umgedreht hatte. Vielleicht lag es einfach nur daran, dass er ein Psychiater war und du siebzehn. Als deine Eltern dir zögerlich von dem Termin erzählt und deinen Groll erwartet hatten, fühltest du dich in Wahrheit als etwas Besonderes.

Hallo, sagte er, und dann streckte er die Hand aus wie Jesus auf den Gemälden.

Du zeigtest ihm die Innenseiten deiner Unterarme, erlaubtest ihm, dass er sie in seine Hände nahm.

Seine Hände näherten sich dir nicht. Er zog sie zurück und sagte: Du bist stolz darauf.

Du sagtest: So behandeln Sie aber nicht Ihre Patienten.

Er sagte: So behandelst du aber nicht dich selbst.

Du saßt auf seiner Chaiselongue. Du erzähltest ihm von der Leere. Du erzähltest ihm von den unreifen Jungs, die versuchten, ihre Hände unter deinen Rock zu schieben, wie du sie wegschlugst, nicht, weil du es nicht wolltest, sondern weil sie so geistlos waren. Wenn sie dich wirklich haben könnten, wüssten sie nicht, was sie mit dir tun sollten, und du würdest dich für sie schämen. Du erzähltest ihm von der Notwendigkeit, Zeit zu dokumentieren, zu vermerken, sie in deiner eigenen Handschrift auf deinen Körper zu schreiben. Er reagierte nun sanft, stellte kluge Fragen, nickte an den richtigen Stellen, brachte dich dazu, Dinge zu enthüllen, die du für dich behalten wolltest.

Bei deinem vierten Termin berührtest du sein Knie, als er auf dem Futon neben der Chaiselongue saß, während deine Mutter draußen wartete, und er wich zurück, und du warst enttäuscht. Dann sahst du, dass seine Hände leicht zitterten, und da wusstest du, dass er dich auch wollte.

Einmal sagtest du: Wie können Sie *alle* dazu bringen zu denken, Sie würden sie verstehen und mögen? Das ist nicht fair. Ich kann Ihnen nicht vertrauen. Und er sagte: Um ehrlich zu sein, für dich interessiere ich mich ganz besonders. Sagen Sie das zu allen? Nein, tu ich nicht. Du fingst an, deine Schulbluse aufzuknöpfen, und er hielt dich nicht davon ab.

Einmal kamst du am Wochenende, du trugst keine Schuluniform, und du konntest die Enttäuschung in seinem Blick sehen. Du standst nicht auf, um dich auf seinen Glastisch zu setzen und deine Bluse und den BH auszuziehen wie sonst während der letzten zehn Minuten, und er leckte dir nicht die Titten und holte sich keinen runter. Du hattest immer Angst gehabt, er würde mehr wollen, aber das tat er nie, er sah nur deine Titten an, als würden sie ihn zum Weinen bringen.

Als du das nächste Mal zu ihm gingst, in deiner Uniform, sagtest du während der letzten fünf Minuten, als er deine Titten leckte: Doktor, wieso bezahle ich Sie eigentlich dafür, dass Sie meine Titten lecken? Und er dachte wohl, es sei ein Rollenspiel und leckte fester und schneller, und du sagtest: Ich meine das ernst, und dann sprangst du vom Tisch.

Als du dir den BH wieder anzogst, sagte er, Bitte, bitte, sag deinen Eltern nichts. Sonst verliere ich alles, ich habe so hart für diese Praxis gearbeitet.

Du ignoriertest ihn, und er sagte: Weißt du, wie das ist, wenn ein Körper siebzehn ist?

Natürlich weiß ich das.

Du weißt nicht, wie das für mich ist. Ich kann meine Frau nicht einmal mehr ansehen.

Du zogst deine Bluse an und sagtest: Wollen Sie mich außerhalb Ihrer Arbeit sehen?

Manchmal wünschtest du dir, er könnte dich von der Schule abholen, denn er fuhr einen Porsche, aber du musstest immer erst den Bus woandershin nehmen.

Als du drei As bei deinen A-Levels bekamst, ging er mit dir Eis essen und kaufte dir eine gesteppte Prada-Tasche, und da fragtest du ihn: Hast du eine Tochter?

Er löffelte die schmelzende Honig-Lavendel-Eiscreme, ein blasses Lila, und du legtest deine Hand auf seine: Ich fragte, ob du eine Tochter hast?

Endlich sagte er: Ja.

Wie alt ist sie?

Er spielte mit seinem Löffel. Du konntest ihm ansehen, dass er überlegte, ob er lügen sollte oder nicht.

Sie ist drei Jahre jünger als du.

Du hattest aufgehört, dich zu ritzen, als er damit angefangen hatte, deine Titten zu lecken, und jetzt sahst du ihn an und dachtest daran zu sagen: Es ist vorbei, aber stattdessen sagtest du: Zeig mir ein Foto. Als er das nicht tat, sagtest du: Es ist vorbei.

...

Einen Monat später warst du an der Universität, und du lerntest den Philosophieprofessor kennen. *Wir sind frei, weil uns ebenjene Sprache fehlt, mit der wir unsere Unfreiheit ausdrücken,* sagte er in einem Hörsaal mit vierhundert Studierenden. Du saßt an keinem besonderen Platz, links in der achten Reihe, dritter Platz vom Gang, aber der Philosophieprofessor hatte dich direkt angesehen. Er kam aus Polen, aber er hatte einen russischen Akzent. Er trug einen Bart. Erst sehr viel später würdest du herausfinden, dass er diesen Satz von Žižek geklaut hatte. Das Mädchen neben dir gähnte. Du machtest auf der Stelle halt.

Während eures allerersten Dates fickte er dich von hinten, und sein großer, haariger Bauch kratzte auf der weichen Haut über deinem Steißbein. Hinterher briet er Speck, und du sahst ihm in der Kochnische dabei zu. Du dachtest, wie durchschaubar du warst, wie du Männer aus bestimmten Berufen sammeltest, so wie Mädchen sich Ponys wünschten, so wie Nabokov seine Schmetterlinge liebte.

Du sagtest ihm nicht, dass es dein erstes Mal war. Als ihr beide aßt, zog er deinen Essay über die Auswirkungen von Heideggers *Sein und Zeit* auf die Erlebnisethik hervor, schrieb A+ mit Bleistift darunter und kringelte es mit Nachdruck ein, auf dem Rand hinterließ er einen Fettfleck.

Du fingst wütend an, in deinen Speck zu weinen, dachtest daran, wie viele warme, junge Hintern schon vor dir dran gewesen waren, und sagtest: Das denkst du also von mir? Ich mache das doch nicht für die Note. Du standst auf, um zu gehen, aber er packte dich an der Hüfte, wischte den Speck vom Tisch – die Teller krachten auf den Boden – und die ganzen Essays, um dich von vorn auf dem Küchentisch zu nehmen. Du fandst diese Geste unglaublich europäisch. Später versuchtest du, es ihm zu erklären – Ich könnte mir nie einen Asiaten vorstellen, der alles ohne nachzudenken vom Tisch fegt. Du befahlst ihm, es noch mal mit dir zu machen. Hinterher, als er mit Papierservietten sauber machte und du mit an die Brust gezogenen Knien auf dem Küchentisch hocktest, sagte er: *Myślę, że mógłbym cię kochać.* Was heißt das, fragtest du, aber er wollte es nicht sagen. Er würde es noch zehn Mal wiederholen, bevor er endlich einwilligte, dir zu sagen, was es auf Englisch bedeutete – Ich glaube, ich könnte dich lieben. Als der Essay im Seminar zurückgegeben wurde, stand darunter ein B.

Ein paar Monate nachdem du den Psychiater verlassen hattest, willigtest du ein, ihn zu treffen. Er hatte jede Woche gefragt, ob er dich sehen könne, aber du hattest ihn ignoriert. Du trafst dich mit ihm in einem Café und sagtest ihm, du hättest nur fünf Minuten.

Er krempelte gewissenhaft seine Hemdsärmel hoch und zeigte dir seine Arme. Sie waren viel oberflächlicher als die Schnitte, die du früher gemacht hattest.

Gib dir mehr Mühe, sagtest du. Er fing an zu weinen, und du brachtest ihn zum Schweigen.

Schließlich hob er den Kopf und sagte: Ich werde nie wieder ein Mädchen wie dich treffen.

Ich bin nur insofern etwas Besonderes, als dein Leben langweilig ist, sagtest du.

Es hupte draußen auf der Straße vor dem Café. Es war der Philosophieprofessor in seinem Audi.

Der Kaffee, den du und der Psychiater bestellt hattet, war gerade gekommen. Du bezahltest für beide und gingst.

...

Erinnerst du dich an das Küken? Vergiss das Küken. Du hast dies einem menschlichen Wesen angetan. Du warst von dem Bungalow mit der langen Auffahrt weggezogen, und zum ersten Mal in deinem Leben musstest du selbst deine Wäsche waschen und bügeln. Du warst siebenundzwanzig.

Jemand liebte dich und saß auf deiner Hand, und du musstest einfach zudrücken. Man kann Menschen auf so viele Arten ausnutzen, sehr viele mehr, als es Arten von Großzügigkeit und Liebe gibt. Das Schöne an Menschen ist aber, dass sie sehr viel weniger zerbrechlich sind als drei Wochen alte Küken und sehr viel anpassungsfähiger. Die Verrenkungen, zu denen du dieses menschliche Wesen verleiten konntest, entzückten dich.

Wir werden nicht darauf eingehen, wie du das *Drücken* ausführtest, es genügt zu sagen, dass dieses menschliche Wesen schließlich kaputtging. Daran gab es nichts, was du hättest missverstehen können, und es verlief auch nicht allmählich: Du sahst, wie das Licht in den Augen dieses menschlichen Wesens ausging, ein Licht, das dem Feuer entsprach, mit dem es dich verehrte. Bevor sein Blick erstarrte, versuchtest du, es zurückzuholen, wie Dido von Karthago, die Aeneas anfleht zu bleiben, während er seine Flotte bereit macht, um von ihr fortzusegeln. *Mene fugis? ... fuit aut tibi quicquamdulce meum, miserere domus labentis, et istam:* Fliehest du mich? ... war ich in irgendetwas dir lieb, so erbarme dich jetzt des versinkenden Hauses.

Du würdest sogar sagen, dass in diesem Fall der Bann für dich gebrochen war und du bereit warst, dieses menschliche Wesen ebenfalls zu lieben und das ganze exzessive Drücken wiedergutzumachen. Unglücklicherweise war das Brechen des Banns eine zweischneidige Angelegenheit, und dieses menschliche Wesen wollte nichts mehr mit dir zu tun haben. Du warst erfolgreich. Du hattest einen Menschen Stück für Stück, so nahe es eben ging, an die Klippe getrieben und ihn dann hinabgestoßen, du hattest den exakten Winkel zu der Achse herausgefunden, in dem du es nicht mehr wert bist, geliebt zu werden.

Dieses menschliche Wesen sah sogar dann an dir vorbei, als du es in deiner Hand wiegtest, als du erst süße Nichtigkeiten und Versprechen gurrtest und dann weintest. Dieses menschliche Wesen ging nicht kaputt, weil es sich nicht weiter dehnen ließ, sondern weil es endlich erkannte, dass du mit dem Drücken die Grenze deiner eigenen Eitelkeit testetest. Es war nicht die Liebe, die auf die Probe gestellt wurde, so wie das menschliche Wesen anfangs noch dachte. Dieses menschliche Wesen würde für immer für dich tot sein.

WASCHSALON

Es begann zunächst als 24-Stunden-Waschsalon, dann sah er über seine kleinen Überwachungskameras, dass die Leute länger blieben, miteinander sprechen wollten, sich fragten, ob die anderen auf dieselbe Weise einsam waren wie sie auch. Aber es waren Asiaten, und deshalb war es nicht so einfach. Einen Waschsalon umgab hier nicht dieselbe beiläufige Romantik wie in westlichen Ländern, er beinhaltete keine Einladung, sich bei drehenden Jeans und Baumwolloberteilen und Unterhosen näherzukommen und zu entspannen. Vielleicht war es etwas, wofür man sich schämte – dass man niemanden hatte, der für einen die Wäsche machte, dass man schmutzige Kleidung anhäufte, es für günstiger hielt, münzbetriebene Maschinen zu benutzen und seine dreckige Wäsche in aller Öffentlichkeit zu waschen. Deshalb schauten sie sich nicht an, sondern sammelten ihre frisch gewaschene Kleidung in knallbunten Plastikeimern und gingen in den Tag oder in die Nacht hinaus.

Und deshalb schaffte der Betreiber die Katzen an. Nichts Ausgefallenes, nur eine rote und eine Glückskatze, die er auf einem *void deck* in der Nähe hatte herumstreunen sehen. Er war zu geizig, um welche mit Stammbaum zu besorgen, und abgesehen davon glaubte er nicht, dass die Leute aus der Nachbarschaft eine Russisch Blau oder eine Maine Coon wirklich zu schätzen wussten. Er legte ihnen rote Halsbändchen mit glänzenden Goldglöckchen an und stellte für jede einen Napf in die Ecke des Raums. Sie machten ihre Sache okay. Sie waren nicht so arrogant, wie er erwartet hatte. Sie umkreisten die Beine der Kundschaft in Unendlichkeitsschlaufen, rieben ihre Köpfe an einer Vielzahl von Schienbeinen und sprangen auf die rumpelnden Waschmaschinen, um sich streicheln zu lassen.

Der Betreiber ging wieder zum Beobachten über, und er sah, wie sich der Mann der Frau nähern konnte, weil sie die Glückskatze streichelte, sie war eine notwendige Zwischenhändlerin. Er sah, wie der Mann ein Bild von der Glückskatze mit seinem Handy machte, es der Frau zeigte und wie sie anschließend Nummern austauschten.

Es war ein rentables Geschäft. Mehr Leute kamen, und die Katzen erhielten Namen. Die Älteren, die hauptsächlich tagsüber da waren, nannten die Glückskatze QQ und die rote Ah Boy, während die Jüngeren, die nachts kamen, sie als Belle und Mittens ansprachen. Die Leute versammelten sich um die Katzen, hockten sich hin, um sie zu liebkosen. Eine Woche später stellte der Betreiber einen alten Klapptisch, den ein Café ausgemustert hatte, auf. Dazu vier weiße Hocker, die ihn pro Stück nur acht Dollar gekostet hatten. Er brachte seinen elektrischen Wasserkocher und seinen Minikühlschrank mit, seinen alten Schreibtisch und den Drehstuhl. Dann ging er in den billigsten Supermarkt und kaufte eine ganze Palette Cup Noodles und ein paar Kartons mit kohlensäurehaltigen Getränken. Er baute alles zu einer Pyramide auf, und die rote Katze stieß sie nach einer Stunde um. Er stellte die Pyramide noch mal auf.

Die Glückskatze hatte die Angewohnheit, ihren langen Schwanz um die Waden des Betreibers zu schlingen, aber sobald ein Kunde hineinkam, stolzierte sie zu ihm hin, als schuldete ihr der Fremde etwas. Wenn man Menschen mit Klarheit begegnet, fällt es ihnen schwer, Gefühle nicht zu erwidern. In den meisten Fällen stellten die Leute ihre Wäsche ab und kraulten sie unter dem Kinn. Der Betreiber hatte nie daran gedacht, sich Haustiere anzuschaffen, weil er dachte, er wäre ein schlechter Tierhalter, aber er sah nun, dass nicht alle Lebewesen all ihre Träume und Hoffnungen komplett an einen Menschen hefteten. Das Leben ging weiter, und es war egoistisch, etwas anderes zu denken.

In der letzten Woche des ersten Monats seit der Eröffnung des Waschsalons brachte er den gebrauchten Fernseher mit Wandhalterung und die Karaoke-Anlage mit den Verstärkern an. Er hatte die Songs persönlich ausgewählt und auf die CDs gebrannt – schwermütige, melodramatische Lieder von gebrochenen Herzen und Verlust quer durch Chinesisch, Kantonesisch und Englisch. Steve Chous »Dusk«, Shirley Kwans Dreampop-Version von Teresa Tengs »Forget Him«, sogar Johnny Cashs »Folsom Prison Blues«.

Die erste Frau mittleren Alters, die zögerlich auf ihn zukam, wollte wissen, ob sie bezahlen musste, um die Karaoke-Anlage zu benutzen.

Nein, so lange Sie hier Kundin sind nicht.

Sie zeigte auf ihre Wäsche, und er nickte ihr zu und fragte, ob er ihr helfen solle, einen Song aufzulegen. Er überreichte ihr die Songliste mit beiden Händen. Er hatte die verfügbaren Songs aufgeschrieben und den Ausdruck nebenan im Schreibwarenladen laminieren lassen. An den Ecken waren Luftblasen. Sie entschied sich für Sandy Lams »In Love With Someone Who Never Comes Home«.

In love with someone who never comes home
Awaiting the opening of a stolid front door
Inconstant gaze, tightly sealed lips
Why pursue bitterness?

Als der Song zu Ende war, hatte sie Tränen in den Augen. Sie fragte: Gibt es eine begrenzte Anzahl an Songs, die ich singen darf?

Nein.

Sie sang, bis die Sonne unterging. QQ und Ah Boy, die sich in Belle und Mittens verwandelten, wollten gefüttert werden. Ihre Kleider waren schon seit Stunden sauber und getrocknet, und er hatte ihr geholfen, sie in ihren gletscherblauen Plastikeimer zu legen. Ein kleines Publikum hatte sich während der drei Stunden, in denen sie gesungen hatte, versammelt und danach wieder zerstreut. Kunden des Waschsalons hatten ihr mit einer Getränkedose in der Hand zugesehen, Schulkinder, die auf dem Heimweg noch bei McDonald's in der Innenstadt vorbeigingen, kamen herein, die Onkel, die vor dem Friseurladen zwei Häuser weiter herumhingen, Mütter mit NTUC Supermarkt-Plastiktüten voller Lebensmittel.

Als sie schließlich das Mikrofon senkte, gab es vereinzelt Applaus. Sie wirkte etwas durcheinander, als wisse sie selbst nicht, wie sie hier gelandet war. Sie wandte sich dem Betreiber zu und sagte: Danke. Sie ging und vergaß ihre frisch gewaschene Wäsche, und der Betreiber lief ihr mit dem Eimer in der Hand hinterher. Als er zurückkam, hatte ein alter Mann das Mikrofon genommen. Er hatte Liu Fongs »You Made Me Happy Once« aufgerufen. Bevor er anfing zu singen, sagte er zu dem Betreiber: Wissen Sie, was man braucht, um gut zu singen?

Was?

Tote Knoten im Herzen.

Der Betreiber hatte keine festen Arbeitszeiten im Waschsalon, aber er war meist zwischen Mittag und Mitternacht da. Wenn er nicht im Waschsalon war, stand eine Kasse mit einem Geldschlitz für die Selbstbedienung bei den Getränkedosen und den Cup Noodles, und vor der Theke hing ein mit Filzstift beschriebenes Schild, auf dem in den vier offiziellen Sprachen dazu aufgefordert wurde, einen Dollar für ein Getränk und einen Dollar fünfzig für die Nudeln zu bezahlen. Er wachte oft mitten in der Nacht auf, und dann sah er gern auf die Überwachungskameras. Auch wenn niemand da war, konnte er Belle dabei beobachten, wie sie zusammengerollt auf dem Tisch lag oder wie Mittens eine Eidechse zerquetschte. Manchmal, wenn keine der beiden Katzen da war, hatte er Angst, er würde sie nie wiedersehen, aber sie kamen immer wieder zurück.

Zweimal, zu unterschiedlichen Anlässen mitten in der Nacht, sah er eine alte Frau und einen Teenager, wie sie sich bei den Nudeln und den Getränken bedienten, ohne zu bezahlen. Die alte Dame war Kundin des Waschsalons, und sie benutzte den elektrischen Wasserkocher und schlürfte ihre Nudeln, während sie auf dem Plastikhocker saß. Nachdem sie fertig war, ließ sie sich sehr lange Zeit damit, die richtige Marke und den richtigen Geschmack bei den Getränken auszuwählen, und entschied sich schließlich für Eiscreme-Soda, was ihn irgendwie überraschte. Der Teenager rannte herein, schnappte sich die Nudeln und rannte raus. Ein Mann mittleren Alters kam mit einer sehr viel jüngeren Frau eines Freitagnachts, und sie versuchten, im Duett Jacky Cheungs »Cuts Like A Knife« zu singen. Es gab natürlich nur ein Mikrofon, aber die Frau hielt ein unsichtbares in ihrer rechten Hand, sie schwenkte es herum, um die Bewegungen ihres Kopfs zu unterstreichen. Die ausländischen Arbeiter eines Sonntagnachts erfanden ihre eigenen tamilischen Texte, angestachelt vom Rhythmus der ausufernden kantonesischen Instrumentalstücke. Sie aßen seinen gesamten Vorrat an Cup Noodles auf, bezahlten alles und gaben noch ein kleines Trinkgeld.

Eines Nachts wachte er auf und sah auf den Überwachungskameras ein Mädchen allein im Waschsalon. Sie saß auf einer Maschine, Belle lag in ihrem Schoß, und sie sang »The Sound of Silence« von Simon & Garfunkel. Er sah ihr von seinem Laptop aus zu und dachte: Ich habe mein Leben lang darauf gewartet, dass jemand »The Sound of Silence« in einem Waschsalon singt. Er hätte sich die Zähne putzen, ein sauberes Hemd anziehen und ein Taxi nehmen können, und wahrscheinlich hätte er sie noch abgepasst, aber er tat es nicht. Es fiel ihm schwer, eine konkrete Beziehung zu Menschen aufzubauen.

Am nächsten Tag ging er früh in den Waschsalon, um sechs Uhr morgens, streichelte QQ und Ah Boy und öffnete die Maschine, die sie benutzt hatte. Er wollte nur ihr Waschmittel riechen, aber er sah etwas Dunkles in der Trommel. Er fischte einen roten Nylonslip heraus. Er breitet ihn aus, stellte sich ihre Hüften und Schenkel in dem leeren Raum vor. Er faltete ihn behutsam in sein Taschentuch und steckte es ein.

Als er später am Abend nach Hause kam, widerstand er dem Drang, den Slip in einen Schnellverschlussbeutel zu stecken und zu etikettieren. Er hasste es, dass er ständig Dinge und Menschen sortieren musste; er wünschte sich, er könnte einfach nur beobachten – und teilhaben – aber für ihn waren Ordnung und Klassifizierung schon immer das Größte gewesen, selbst als Kind. Je länger er den roten Slip ansah, desto weniger sah er nach Unterwäsche aus.

Der Betreiber war in Wirklichkeit ein Stadtanthropologe. Er konnte sich Dinge nur mit einer Armeslänge Entfernung ansehen. Wenn er näher an etwas herankam, dann nur, um es zu untersuchen. Der Waschsalon war ein Sozialexperiment inklusive Gemeinschaftsstudie, für das er Fördergelder von einer Universitätsfakultät bekommen hatte, die sich für die Verästelungen sozialer Vereinsamung in dicht besiedelten Städten interessierte und das Potenzial von Interaktion, das durch ebenerdige Anmietungen in Wohnsiedlungen mit niedrigem Einkommen freigesetzt werden konnte. Der Waschsalon würde nur sechs Monate lang in dieser alten Siedlung am Rand von Chinatown geöffnet sein, und es gab studentische Hilfskräfte, die schichtweise inkognito auf den Hockern saßen und sich vom zweiten Monat an Notizen machten, wenn davon auszugehen war, dass sich die Situation stabilisiert hatte und die Verhaltensmuster in Gang gesetzt waren.

Noch Monate nach der Schließung des Waschsalons werden die studentischen Hilfskräfte an den alten Monitoren im Labor für Einstellungen & soziale Kognition der Universität das Filmmaterial bis zum Erbrechen wieder und wieder abspielen, jeder in seiner eigenen Kabine mit Kopfhörern. Der Stadtanthropologe wird die studentischen Hilfskräfte mit dem Monat ansprechen, für den sie zuständig sind. Kann ich mal die Abschrift sehen, November? Hey, August: Meinen Sie, Sie könnten die Statistiken für die Korrelation zwischen Stuhltyp und Verweildauer der Leute im Waschsalon aufarbeiten?

Eines Tages wird Oktober ihm seinen Morgenkaffee bringen und fragen: Professor, brauchen wir keine Längsschnittstudien? Wollen Sie nicht wissen, ob die Bewohner den Ort vermissen? Ob es eine Verhaltensumkehr gab? Er wird auf seinem Stift herumkauen und sagen: Das sprengt den Rahmen dieser Studie, Oktober. Oktober wird weiter drängen: Aber Professor, ist es nicht unethisch, den Menschen etwas zu geben, das sie brauchen und wollen, und dabei zu wissen, dass man es ihnen bald wieder wegnehmen wird? Der Stadtanthropologe wird sich an den Abschnitt des Antrags für die Fördergelder erinnern, der *Auswirkung auf die Gemeinschaft hieß* und um den er sich mit Akademikersprech herumgedrückt hatte. Es wird ihn ärgern, daran erinnert zu werden. Oktober, wird der Stadtanthropologe sagen und gleichmäßig mit dem Fuß trommeln, wir sind Soziologen, keine Politiker. Wir sind Akademiker, keine Sozialarbeiter. Das Leben ist ein Phänomen.

QQ rieb ihr Köpfchen an seinem Schienbein. Er berührte sie unter dem Kinn, und sie schnurrte. Er wollte QQ fragen, wie das Mädchen gerochen hatte und ob ihre Haut weich war.

Der rote Nylonslip in der Tasche des Stadtanthropologen fühlte sich an wie ein Briefbeschwerer. Er fand, dass es von nun an schwierig war weiterzumachen, aber er war auch alt genug, um zu wissen, dass sich das Leben nicht änderte, nur weil man zu einem bestimmten Zeitpunkt etwas bestimmtes fühlte. Wenn er wollte, könnte er später am Abend eine Sexarbeiterin dafür bezahlen, den roten Slip anzuziehen, und er könnte den Stoff im Schritt zur Seite schieben und sie mit dem Höschen ficken. Er zog es vor, Dinge aus zweiter Hand zu erleben, mit einer Verzögerung, einer Rechtfertigung oder einer Stellvertretung, um den Schock des *Lebens* etwas abzumildern.

Um neun Uhr morgens stellten zwei keuchende alte Männer ein Rattansofa vor den Waschsalon.

Sind Sie der Chef, fragte einer von ihnen auf Mandarin.

Ich denke, so könnte man es ausdrücken, sagte der Stadtanthropologe.

Das ist das Beste, was dieser Gegend je passiert ist.

Danke.

Wir mögen diesen Ort, und wir wollen die Leute singen hören, während wir auf unsere Wäsche im Trockner warten, aber es gibt nicht genügend Stühle. Einer von uns hat das Ding gesehen, als er am Sperrmüll vorbeigegangen ist, und wir dachten uns, wir bringen es rüber und fragen, wie Sie es finden. Wie finden Sie's?

Der Stadtanthropologe sah von den beiden alten Männern zu dem durchgesessenen Sofa und dann wieder zu den Männern. Ich finde es großartig, sagte er.

Na also, sagte einer der Alten zu dem anderen und wischte sich die Stirn, Ich hab's dir gesagt, es ist keine vergebene Liebesmüh.

Wir haben es drei Blocks weit geschleppt, sagte der andere Alte. Das war ein Risiko.

Der Stadtanthropologe ging zum Kühlschrank, nahm zwei Dosen Kickapoo heraus und öffnete sie für die Alten. Sie machten es sich auf dem Rattansofa mit QQ und Ah Boy bequem, und er gesellte sich zu ihnen. Einer der Männer streichelte QQ der Länge nach und sah sich die Liste mit den Songs an, schimpfte mit dem Stadtanthropologen, weil der Hokkien-Titel »If I Had A Million Bucks« fehlte oder der Hit von Teresa Teng »The Moon Represents My Heart«.

Warum sind das alles traurige Lieder?

Fröhliche Lieder sind schrill, sodass man sie ständig austauschen muss. Ich habe dafür keine Zeit. Traurige Lieder sind zeitloser.

Wollen Sie nicht, dass die Leute, die herkommen, glücklich sind?

Traurig sein zu können ist auch eine Form von Glück.

Der Alte starrte den Stadtanthropologen an, als erwarte er, dass dieser sagte, er hätte ihn nur auf den Arm genommen. Der Stadtanthropologe blieb still. Der Alte führte die Dose an den Mund, nahm einen tiefen Schluck. Er sagte: Nun, junger Mann, also, was Sie hier brauchen, ist Bier.

Wie läuft das Geschäft?, wollte der andere Alte wissen. Werden Sie überleben? Er sah zu Boden und murmelte:

Meine Alte ist gestorben. Ich will meine Kleider nicht wieder mit der Hand waschen müssen.

Im Moment läuft es gut, sagte der Stadtanthropologe, aber wer kann schon für die Zukunft sprechen?

Stimmt, stimmt, sagte der Alte und verschränkte die Hände hinter seinem Rücken. Das Einzige, was sicher ist, ist, dass nichts sicher ist.

Die einleitenden Takte von Anita Muis »Looks Like An Old Friend's Returned« spielten auf der Anlage. Ah Boy sprang vom Sofa, gefolgt von QQ. Der andere Alte drückte auf Pause. Der Fernseher erstarrte mit einem Standbild von einem herabstürzenden Wasserfall und dem Songtext, der am unteren Bildschirmrand erschien, das erste chinesische Zeichen leuchtete gerade pinkfarben auf. Der Alte, der auf Pause gedrückt hatte, betrachtete einen Fleck auf dem Sofa. Er schlug vor, die verblassten Bezüge mit dem Blumenmuster zu waschen. Sie zogen die Kissen ab, und der Stadtanthropologe steckte sie in die Maschine.

SIRENE

Der Merlion ist ein Fabelwesen mit dem Kopf eines Löwen und dem Körper eines Fischs. Er ist Wahrzeichen und Personifizierung der Nation Singapur. Der Fischkörper stellt Singapurs Ursprung als Fischerdorf dar, als es noch Temasek hieß, oder »Küstenstadt« auf Javanisch. Der Löwenkopf verkörpert Singapurs ursprünglichen Namen – Singapura – was »Stadt des Löwen« oder »kota singa« bedeutet.

Das Symbol wurde 1964 von Alec Fraser-Brunner entworfen, einem Mitglied des Souvenir-Komitees und Kurator des Van Kleef Aquariums, als Logo des Fremdenverkehrsausschusses von Singapur. Obwohl der Fremdenverkehrsausschuss den Merlion als Unternehmenslogo bereits 1997 ausgetauscht hat, bestimmt der Ausschuss noch immer über den Gebrauch des Merlion-Symbols. Mit Ausnahme von Souvenirs, die den spezifischen Richtlinien entsprechen, ist es ohne vorherige Erlaubnis durch den Ausschuss den Bürgern nicht erlaubt, Produkte herzustellen, die den Merlion oder etwas, das ihm ähnelt, abbilden. Gemäß dem Erlass des Ausschusses kann ein Verstoß gegen diese Vorschrift mit einer Geldbuße von $ 1.000 pro Produkt geahndet werden.

Er peilt die Touristen an, der Partyjunge im Sarong. Sie wollen etwas Regionales und Exotisches, wie alle Touristen, und was könnte tatsächlich *spezieller* sein als eine Nummer mit ihm. Orchard Towers, dort übt er sein Gewerbe aus, dort wetteifert er um indiskrete Blicke und bietet sich zusammen mit den osteuropäischen Schönheiten in den Lederminiröcken und den sanftmütigen Südostasiatinnen mit ihren nasalen Singsangstimmen an. Das Mit-dem-Finger-Zeigen und Beschimpfen begleitet seinen Weg und fällt auf ihn herab wie Konfetti. Er hat gelernt, darin zu schwelgen, huldvoll wie eine Schönheitskönigin.

Hier bringt man uns bei, die Dinge voller Leichtigkeit beim falschen Namen zu nennen. Er heißt Marl, und er saß in der Klasse immer ganz hinten und versuchte, eine coole Gleichgültigkeit an den Tag zu legen, aber sein kleines Jungenherz zerbrach.

Dein Vater ist ein Löwe! Deine Mutter ist ein Fisch!, skandierten wir stets aufrührerisch. Hinter ihm, vor ihm, neben ihm.

Er hatte schon so anders ausgesehen – blasse, kränklich graue Haut, die schwitzig glänzte, riesige Augen, gezackte, seltsam schief stehende Milchzähne hinter Lippen, die für einen Jungen zu voll waren, Lippen, an denen er zog wie an einem Katapult, wenn er nervös war – aber wir ließen ihn in Ruhe, weil er so still war. Untereinander zogen wir diskret über ihn her, rührten ihn aber nie an, bis er eines Tages herausposaunte: Meine Mutter ist eine Meerjungfrau.

Und da war uns ganz schwindelig vor Erleichterung, weil er es jetzt getan hatte, er hatte uns einen Grund gegeben. Welcher Junge, der etwas auf sich hielt, würde so etwas sagen? Er verdiente es, dass man sich über ihn lustig machte, und wir gaben ihm die volle Breitseite. Wir lachten herablassend. Wir malten Bilder von seiner Mutter mit nackten

Brüsten, Muscheln auf den Nippeln. Wir malten Bilder davon, wie wir uns die Kopulation von einem Jungen mit einer Meerjungfrau vorstellten. Wir waren sehr deutlich, als es darum ging, uns auszumalen, wo er ihn reinstecken würde.

Irgendwann bekam eine Lehrerin eine dieser Zeichnungen in die Finger. Marl hatte sie nicht weitergegeben, das wussten wir, weil es zwischen allen Jungs – sogar zwischen den Mobbern und den Gemobbten – einen Ehrenkodex gab, der selten verletzt wurde.

Man bestellte uns für eine Befragung ein. Sie schlug jedem von uns dreimal leicht mit einem Holzlineal auf die Knöchel. Marl denkt sich nur Sachen aus, weil er seine Mutter verloren hat, sagte die Lehrerin, wir sollten uns schämen. Wir taten es nicht. Wir wollten ihn unbedingt drankriegen – jemand musste dafür bezahlen, dass man uns verpfiffen hatte, gab es einen besseren Sündenbock als ein Opfer?

Die guten Absichten der Lehrerin waren endgültig weggespült, als wir mit seinem Kopf und der Kloschüssel fertig waren. Am Ende nannten wir ihn einen Lügner, einen Waisen.

Dazu sagte er: Nein, ich habe einen Vater.

Natürlich erinnerten wir uns daran, wir hatten seinen Vater einmal gesehen, er hatte vor dem Schultor auf ihn gewartet. Er sah aus wie ein wildes, großes Tier, den Kopf voll krauser langer Locken, das Gesicht von Barthaaren und Stoppeln verdeckt. Löwenkopf, flüsterte einer von uns heiser, als wir am Schultor vorbeischlichen, und es blieb hängen.

Dein Vater ist ein Löwe! Deine Mutter ist ein Fisch!

Löwenkopf fickte eine Meerjungfrau, heraus kommt ein Freak!

Mein Vater ist ein Seemann, sagte Marl. Ich wohne in einem Haus aus Stöcken, das auf dem Wasser schwimmt. Aus seinem Haar tropfte Klowasser. Wir lachten über seine schale Angeberei.

Lügner, Lügner, puller, puller
Hosen nass und hängt am Schnuller!

Er schniefte erschöpft, fuhr sich mit dem Handrücken über die Nase. Wir waren durchaus bereit, es damit auf sich beruhen zu lassen, bis einem von uns das Gerücht wieder einfiel, das an dem Morgen, bevor uns die Lehrerin zu sich rief, die Runde gemacht hatte – ein Junge in unserer Klasse war gleichzeitig mit Marl auf dem Klo gewesen und hatte erzählt, dass das, was zwischen Marls Beinen war, nicht so zu sein schien wie bei allen anderen Jungs.

Und wie hat er ausgesehen?

Anders.

Wie hat er denn jetzt ausgesehen?!

Ich *weiß* es nicht!

War er einfach nur winzig? Krumm?

Ich weiß es nicht!

In Wahrheit hatten wir uns stillschweigend darauf geeinigt, dass unser Klassenkamerad log, wenn man den Unwillen bedachte, seine Behauptung zu untermauern, obwohl wir uns alle auf Marl eingeschossen hatten. Aber als wir ihm davon erzählten, riss Marl wild die Augen auf und schlug einen von uns. Er hatte noch nie zurückgeschlagen. Jetzt zingelten wir ihn ein und brüllten ihn an, vier Jungs in einer Klokabine, drei stehend, einer zusammengekauert.

Zwei von uns drückten ihn auf den Boden, ich blieb übrig, um mit Marl weiterzumachen, Marl trat und schrie, aber wir hielten ihn fest. Ich zog ihm die Bermudas runter, und wir lachten hart und laut, Gelächter als Maulheldentum. Marl schluchzte, ihm lief der Rotz in den Mund.

Ich zögerte, und die beiden anderen von uns wiederholten in schneller Abfolge, wie einen Jubel, wie eine Warnung: *Dein Vater ist ein Löwe! Deine Mutter ist ein Fisch!* Ich kannte den Ehrenkodex, ich wusste, dass sie es mir überließen, der Anführer zu sein, hochmütig und brutal. Ich bewegte mich wieder auf ihn zu, mit ausladenden Gesten.

Marl schaute mich direkt an, unsere Blicke trafen sich, und ich sah den Schrecken in seinem Gesicht. Er schloss die Augen und sagte durch zusammengebissene Zähne: Bitte, nein.

Ich hielt inne und hob dann seine Bermudas mit einer plötzlichen, ungeschickten Bewegung hoch.

Mal sehen, wer von uns das Ding an den Klassenventilator hängen kann, dröhnte ich und stellte mich in Position, um anzudeuten, dass ich bereit war, aus der Toilette zu sprinten. Wenn sie es mir abkauften, würden wir losrennen, in drei, zwei, *eins*.

Sie ließen Marl los. Wir rannten raus. Ich schwenkte Marls Bermudas über meinem Kopf wie eine Flagge, und das Rennen ging darum, wer zuerst den Klassenraum erreichte. Als wir ankamen, warf ich ihnen die Bermudas wie einen Ball zu, und sie fingen sie wie Hunde, versuchten, damit einen Ventilatorflügel zu treffen. Es ging jedes Mal daneben.

Ich lief zurück zur Toilette. Marl lag immer noch zusammengerollt in einer Ecke der Kabine, in seinem Schulhemd und Unterwäsche. Ich streckte eine Hand aus, um ihm auf die Beine zu helfen. Er nahm sie, und als ich ihn hochzog, nutzte er den Schwung und schloss mich in eine Umarmung. Ich konnte in seinen Armen die Dankbarkeit spüren, und seine bleiche Haut war weich. Wie aber jeder weiß, kann man niemals einen anderen Jungen umarmen, jeder weiß, was das bedeutet, und er stand auch noch in Unterhosen vor mir, verdammt noch mal. Ich rief: Schwuchtel, Tucke, Tunte! Dann haute ich ihm zur Sicherheit noch eine rein und verließ eilig die Toilette.

Marl kam nicht mehr in die Klasse zurück.

Unter der Woche kam der Löwenkopf, um Marls Schultasche, seinen Geldbeutel und seine Bücher abzuholen. Am Ende der Woche strich unsere Klassenlehrerin seinen Namen aus der Klassenliste, während sie die Anwesenheit prüfte.

Wir fanden neue Opfer, aber wir gingen etwas sanfter mit ihnen um. Wir machten aus seinem Namen ein Schimpfwort – Alter, du bist so scheiße wie Marl. Die Grundschule war vorbei, wir kamen in die Sekundarstufe, wieder eine reine Jungenschule, wo Mobbing kein solcher Blutsport mehr war – wir gingen kaum noch aufs Ganze, solange die Freaks wussten, wo sie hingehörten – und interessierten uns langsam für Mädchen. Eine Überführung von uns entfernt war eine Mädchensekundarstufe, sie trugen ordentliche weiße Röcke bis zu den Knien.

In all den Jahren träumte ich immer mal wieder von ihm. Er trug dann jedes Mal das weiße Schulhemd, die weiße Unterwäsche. Manchmal lag ich in seinen Armen. Immer war da die brennende Neugier, was zwischen seinen Beinen war. Manchmal griff ich mit der Hand danach, um meine Neugier zu befriedigen. An dem Punkt wachte ich auf, es war gewissermaßen ein Sicherheitsventil. Ich wachte immer schweißgebadet auf, bevor ich ihn dort berührte, bevor ich es sah. Anschließend die Scham, wenn ich zur Toilette ging und die böse Feuchtigkeit spürte, meine Unterhose wusch und auswrang.

…

Es war einmal ein behaarter Mann, der als Seemann für eine britische Reederei arbeitete. Als es damit vorbei war, schlug er sich als Fischer durch. Er tat alles, solange er nah am Wasser sein konnte. Und glauben Sie an Sirenen? Nicht die aus dem Inventar der griechischen Mythologie – die südostasiatische Variante bot aschfahle Haut, betont durch algenartiges Haar, tote Augen und Zackenbarsch-geschuppte Schwänze.

Warum der behaarte Seemann und die aschfahle Sirene zusammenkamen, ist reine Spekulation: Wenn Sie zwei Tage und zwei Nächte auf See in einem Sturm verloren wären und eine körperlose Singstimme Sie dazu verleitet, ihr Sampan – also ihre Lebensgrundlage – an zerklüfteten Felsen zu zerschmettern, würde man doch denken, dass Sie sich an der Quelle der Stimme rächen wollten, statt in ihren knorrigen, kalten Armen zu versinken und sie zu begatten, wofür sie ihren Schwanz teilen müsste, um Ihr Anhängsel aufnehmen zu können.

Der gekenterte Fischer war wie ein Stier aus dem Wasser gestelzt, wie ein einzelner Keimling aus einem Topf hatte er sich aus seinem zerschmetterten Boot erhoben. Sie lag an der Küste, ihr Schwanz zuckte leicht. Ihre Augen funkelten in der Dunkelheit wie die einer Katze. Sie stieß ihren Sirenengesang aus, ein näselndes, erstickendes Stöhnen in unterschiedlichen Tonhöhen.

Zeuge mit mir einen Sohn, flüsterte sie in Pidgin-Malaiisch, besänftigte damit seine Wut. Die Wellen schlugen auf den Strand, und der Wind heulte, und er sah kaum die Bewegung ihrer Lippen, aber die Worte waren unmissverständlich wie ein Zauber. Als sie es sagte, als er innehielt, teilte sie ihren Schwanz mit den Händen, als öffnete sie eine längliche Hülse, um jungfräulich weißes Fleisch zu offenbaren. Meine Welt ist deine Auster, sang sie leise, Alles, was du brauchst, ist ein Sandkorn.

Seine Hände zitterten, als er die tristen olivfarbenen Fischerhosen herunterließ, sich auf den kalten, dreckigen Strand legte und in sie hineinglitt, während die Wellen vor- und zurückrollten. Sie war kalt und glitschig, wenn er sie berührte; als er kam, rutschte er fast von ihr herunter. Er hatte sein Gesicht dicht neben ihres gelegt, und sie roch sehr viel elementarer nach Gischt als Gischt an sich.

Nachdem er fertig war und über den Sand stolperte und sich die scharfen, kiesigen Stückchen von den Knien wischte, fiel ihm ein, dass ihr der Rücken davon wehtun könnte. Er rieb die Hände aneinander, half ihr in eine Sitzposition – sie war auf merkwürdige Art biegsam – und wischte ihr die Sandreste von ihrem bleichen Rücken.

Es war diese Geste, die ihm das Leben rettete. Sie hatte bereits darüber nachgedacht, ihm den Hals zwischen ihren Schwanzmuskeln zu brechen, die Leiche an der Küste liegenzulassen, wo sie dörren und rotten würde, das Fleisch täglich mit den anderen ihrer Art zu teilen, wie die Krebse und Möwen, denn die anderen teilten auch alles mit ihr.

Sie lockerte ihren Griff an den beiden Teilen ihres Schwanzes, und sie fügten sich nahtlos mit den Bändern und Schuppen zusammen. Während er diese Rückverwandlung beobachtete, überkam ihn eine leidenschaftliche Beseeltheit, und sanft, aber bestimmt bog er ihre Schwanzenden zurück, als öffnete er die Beine einer fügsamen Frau, die träge auf dem Rücken in einem Feld lag.

Sie gestattete ihm diesen Übergriff. Als er sie weit genug geteilt hatte, um das, wonach er gesucht hatte, zu sehen, beugte er sich über sie und vergrub sein Gesicht in ihrer Spalte. Erst da fing sie an zu beben und zu erschauern. Zuvor war es für sie nichts weiter als ein grimmiger Trick gewesen. Aber dies, dies war etwas Neues und Unerwartetes.

Sie schmeckte nach Austern, roh bis auf ein paar Körnchen Salz.

Sie verbrachten die Nacht aneinandergeschmiegt in der Einbuchtung eines riesigen, halb verrotteten Baumstamms, aufgeweicht durch die Feuchtigkeit des Meeres, überwachsen mit Algen. Als sie sich voneinander lösten, war ihr Rücken lauwarm, gewärmt von seiner behaarten Brust.

Bevor der Tag anbrach, zeigte sie ihm, wie er sich ein Floß aus halbierten Bananenbaumstämmen bauen konnte, auf die sie mit schartigen Steinen einschlugen. Um sie zusammenzuhalten, gab sie ihm von ihrem Haar, so schwarz wie Tinte und robust wie Zwirn.

Gemeinsam schoben sie das Floß aufs Meer. Auf dem Sand bewegte sie sich wie ein Krüppel, den Oberkörper stützte sie mit ihrem Schwanz und beiden Händen. Im Wasser war sie nicht von der mühelosen Anmut der Wellen zu unterscheiden. Je weiter sie aufs Meer hinaustrieben, desto klarer wurde ihm, dass er sich ein Leben mit ihr vorstellen konnte. Es würde schlicht sein, und er würde seine Familie und Freunde nie mehr wiedersehen, aber das schien ihm nicht wichtig. Sie könnten die Riffe erkunden, sich auf Felsen ausbreiten wie Schiffswracks, Speerfisch essen, sich am Strand paaren. Er würde für sie nach Salzwasserperlen tauchen. Sie in ihr Haar flechten, wenn sie schlief.

Mit einer Hand auf dem Floß wandte er sich ihr zu, um sie zu fragen, ob sie sich wirklich trennen müssten. Bevor er etwas sagen konnte, sprach sie:

Sag nichts – du musst gehen.

Ich werde wiederkommen.

Das wirst du nicht – unsere Insel ist auf keiner Karte verzeichnet, man findet sie nur durch unser Lied. Ich werde nie wieder zu dir singen. Du darfst nie mehr zurückkehren.

Aber – ein Sohn – du sagtest, du wolltest einen Sohn.

Das sagen wir zu jedem Seemann, das ist unser Lied. Wir sind die schwarzen Witwen des Meeres. Wir können niemals Kinder mit Sterblichen bekommen. Unser Schoß ist unfruchtbar.

Du hast mein Herz. Wie soll ich leben?

Wenn du bleibst, werde ich dir heute Nacht den Hals mit meinem Schwanz brechen. Wenn ich es nicht tue, werden sie dich finden, und du wirst dir wünschen, niemals geboren worden zu sein. Den letzten Seemann aßen sie bei lebendigem Leib. Ich erinnere mich an seine gallertartigen Augäpfel.

...

Hallo Fremder, sagt der Transsexuelle.

Er ist wirklich schön, mit seinen riesigen Augen und vollen Lippen, seine Gesichtszüge sind ausgeprägter als die aller anderen Mädchen im Raum, sehr bleich, und obwohl ich meinen fünften Drink nehme und schon ziemlich besoffen bin, fehlt mir dazu doch die Abenteuerlust. Ich habe ein Auge auf eine vietnamesische graue Maus in einem silbernen Kleid in der Ecke geworfen, die mit den großen, weichen Brüsten, die nur so hervorquellen.

Tut mir leid, da steh ich nicht ganz drauf, sage ich und hebe ein wenig mein Glas.

Ich bin's, Marl, erinnerst du dich? Du hast mir immer den Fuß gestellt, damit ich stolpere, wie alle anderen.

Er klimpert mit seinen falschen Wimpern, äfft nach: *Dein Vater ist ein Löwe! Deine Mutter ist ein Fisch!*

Mir bleibt der Atem in der Brust stecken, und blinde Panik steigt aus meinem Zwerchfell auf. Ich will verschwinden oder dieses wunderschöne Ding vor mir schlagen. Er betrachtet mich und lächelt. Sein Mund wird dadurch noch femininer, ein Mund hübsch mit mattem rotem Lippenstift geschminkt.

Ich fahre mir mit der Hand durchs Haar und versuche, mich zu beruhigen. Nur ein rasches, ungeschicktes Hallo-Tschüss, und es ist vorbei.

Mein Gott, Marl. Was machst du hier?

Marl steckt die Frage spielend weg. Sein Lächeln wird breiter.

Dasselbe könnte ich dich fragen.

Wie lange ist das her?

Vierzehn Jahre. Wir waren zwölf, oder? Er berührt zart seine linke Wange, und ich erinnere mich daran, wie ich ihn schlug.

Es tut mir leid.

Schon gut. Jungs sind nun mal so, nicht wahr?

Du hast danach die Schule gewechselt. Deshalb habe ich mich immer schuldig gefühlt.

Nein, Süßer, ich bin danach gar nicht mehr zur Schule gegangen.

Ich bin still. Ich kippe meinen Drink runter, er schmeckt nach Schuld. Die vietnamesische graue Maus kommt in unsere Richtung, vielleicht hat sie gesehen, wie ich ihr auf die Brust gestarrt habe. Marl sieht sie auch, sieht, wie ich nachdenke, und nähert sich mir wie eine große Katze, voll tödlicher Anmut.

Willst du's nicht wissen nach all den Jahren? Ich mache dir einen guten Preis.

Was?

Ich spucke ein bisschen beim Sprechen. Er sagt es mit solcher Selbstsicherheit, als kenne er alle meine Träume der letzten Jahre, hätte sie ungesehen beobachtet. Er ist mir so nah, ich kann das süße Parfum in der Kuhle riechen, wo der Hals in die Schulter übergeht.

Das schuldest du mir. Es war eine lahme Woche. Sieh es als Gefallen, den du nicht bereuen wirst.

Wenn du es wirklich brauchst, kann ich dir auch einfach so das Geld geben, Marl.

Er schüttet mir seinen Margarita ins Gesicht, über die Brust. Der Barkeeper gibt dem Türsteher ein Zeichen, damit er kommt. Ich sehe, wie der Türsteher auf Marl zuschießt, hinter seinem Rücken. Ich sehe, wie Marl sich anspannt. Ich sehe die anderen Leute im Pub, die sich nach uns umdrehen, sehe den Ausdruck auf ihren Gesichtern, der sich verändert, wenn sie von Marl zu mir sehen, während sie die Details aufnehmen: der Transsexuelle in dem engen Kleid, der Mann in dem durchnässten Hemd – Hohn für ihn, Mitleid für mich.

Der Türsteher ist nur einen Ellenbogen entfernt, und die lüsterne Menge im Pub wird ihre kollektive Befriedigung daraus ziehen, dass Marl im nächsten Moment brüsk hinausgeführt werden wird. *Freak*, sagt jemand, laut genug, um das Stimmgewirr im Raum zu übertönen.

Kurz bevor der Türsteher Marl auf die Schulter tippt, ziehe ich ihn zu mir. Seine Taille ist gleichzeitig straff und schlank. Der Türsteher lässt die erhobene Hand sinken.

Hier ist alles in Ordnung, sage ich.

...

Von Zeit zu Zeit fuhr der behaarte Seemann in seinem Boot raus, durchkreiste die Gewässer der Meerenge, aber er fand nie wieder diese kleine Insel, nicht bei ruhiger und nicht bei stürmischer See. Er verließ sein kampung *und wohnte auf einem* kelong, *um sich ihr näher zu fühlen. Manchmal schien es ihm klar, dass er sie nie getroffen haben konnte; sie war das* ignis fatuus *eines delirösen Seemanns, der Land in einem Seesturm gefunden hatte. Vielleicht hatte er ein Loch in den Sand gegraben, um seine Bedürfnisse zu befriedigen. Viel-*

leicht hatte er das Floß selbständig gebaut und mit dunklem Zwirn zusammengebunden, der dem Haar einer Sirene glich, nicht umgekehrt.

Dann erwachte er eines Morgens mit ihrem Lied im Kopf, Monate später. Er kämpfte gegen das Wachwerden, so lange es ging, aus Angst, das Lied würde aus seinem Kopf verschwinden. Er suchte Zuflucht in allem, was ihr nahekam, klammerte sich verzweifelt an den kleinsten Strohhalm. Aber als er sich schließlich aus dem Bett erhob – einer dünnen Matratze auf dem harten Holzboden –, war das Lied noch immer glasklar zu hören. Da wusste er, dass es mehr als ein Traum war.

Er stieg in sein Boot und fand sich auf einer vorherbestimmten Route wieder, die nicht in seinen Händen lag. Ein kleiner Landstrich, eine Insel, die von einer Handvoll Menschen bewohnt war – hier war er schon einmal gewesen, die Menschen lebten zwanzig Jahre hinter den Stadtbewohnern des Einzugsgebiets, er hatte sich hier sehr viel wohler gefühlt. Als er aus seinem Boot stieg, hörte das Lied nicht auf. Er ging voran, wie er es für richtig hielt, über verdreckte Wege, durch Unterholz. An jeder Biegung hoffte er schmerzlich, sie zu erblicken. Er war außer sich vor Aufregung, seine Hände zitterten, das Geräusch brechender Zweige war betäubend. Eine halbe Stunde später bewegte er sich auf einen kleinen, verlotterten Strand im Norden der Insel zu. Als er den Sand betrat, brach das Lied ab.

Er suchte die schmale Küste im Wahn ab – sie war nicht da. Nahe dem Strand wuchsen Birkenfeigen, und als er sich ihnen näherte, erblickte er ein Bündel aus verwobenen Blättern und Seetang in den dichten Wuzeln. Das Kleinkind, das darin schlief; die Frucht, von der sie gesagt hatte, sie sei unmöglich.

Er fing an, vor Kummer zu weinen. Er wollte kein Kind, er wollte die Sirene. Er wäre ein liebender Vater gewesen, wäre die Mutter des Kindes Teil der Gleichung. Das Kind sah recht normal aus, aber was sollte er mit dieser Verirrung der Natur anstellen? Er wusste nichts darüber, wie man sich um ein kleines Lebewesen kümmerte.

Er wollte das Kind dort lassen, an der abgelegenen Küste, in den Wurzeln. Er wollte das Kind mit seinen bloßen Händen vernichten – er hatte nur eine Nacht mit der Sirene verbracht, und dieses Kind hatte neun Monate mit ihr, in ihr gehabt. Der Gedanke war mehr, als er ertragen konnte.

Und doch würde er ihr nie näher sein können als durch dieses Kind. Er hob das Bündel auf, und das Kind regte sich nicht.

...

Marl hat klassische Musik aufgelegt. Vorher war es zu still gewesen, nachdem ich die fünfhundert Dollar auf den Nachttisch gelegt hatte. Er ging die Kanäle der Hi-Fi-Anlage des Hotels durch, Techno, Mandarin-Balladen, die Top 40, sentimentale Oldies, durchsetzt mit Rauschen.

Das Streichorchester strengt sich an, wir reden jetzt.

Was er zwischen seinen Beinen hat, ist ein Schwanz. Mindestens zehn Zentimeter lang, silbergrau, an der gerippten Schwanzspitze mit einem Hauch Gelb.

Und das war Mozarts Sinfonia Concertante, *gespielt von der Academy of St. Martin in the Fields.*

Wir machen eine ganze Weile nichts, sitzen nur auf dem Bett, er hat die Beine gespreizt, mein Kopf ist zwischen seinen Knien wie der einer Hebamme.

Als Nächstes hören Sie eine Soubrette aus der Oper Tartuffe *vom Bellvue Philharomic Orchestra.*

Er ist feucht und doch schuppig, weich und doch scharf, je nach Winkel. Er lässt sich einziehen, dann ist nichts als eine Spalte von außen zu sehen. Er kommt wieder langsam zum Vorschein, angefeuchtet und schimmernd. Er zuckt eindringlich, als ich versuche, ihn zu berühren, wie ein Fisch auf dem Trockenen. Reflexartig ziehe ich meine Hand zurück, aber die Bewegung des Schwanzes, der Versuch, meiner Berührung zu entkommen, hat mir Schauer über den Körper gejagt.

Ich versuche es noch mal, diesmal entschlossener, und der Schwanz zieht sich nicht zurück. Ich streichle ihn, und Marl fängt an zu stöhnen, ganz leise. Ich lege meine Hand um ihn und bewege sie schneller, und bald klammert sich Marl ans Laken.

Nachdem ich ihn von hinten genommen habe, lehnt sich Marl ans Kopfende und seufzt. Seine Tonlage hat die Oktave der Lust verloren, sie klingt jetzt wie das Ausatmen, nachdem sich ein bestimmtes Gewicht gelöst hat, das von einem älteren Ort herübergetragen wurde, wie eine Rechtfertigung mir gegenüber, was wiederum ja auch stimmt.

Missa Papae Mercelli, *ein Stück kompositorischer Virtuosität von Giovanni Pierluigi da Palestrina, Sie hörten eine Interpretation unter der Leitung von Riccardo Muti.*

Marl lächelt mich an, als hätte er gewonnen, aber das Lächeln ist gütig und freundlich. Es ist das Lächeln eines Gewinners, aber es umschließt mich wie ein Mantel des Verstehens, milde und umarmend. Es ist das Lächeln, das sich alle Männer in ihrem Leben von allen Frauen wünschen – Müttern, Ehefrauen, Geliebten, Schwestern – wenn alles verschwimmt, wenn man sich einig ist.

Er schlummert auf dem weichen Kissen ein, der Schatten des Lächelns umspielt noch immer seine vollen Lippen. Sein Haar fällt lose über die Schultern und breitet sich auf dem Kissen aus. Die Decke ist über seinen schlanken Körper geworfen, sein Schoß bleibt unbedeckt. Der Schwanz ist nicht mehr sichtbar, da ist nur noch die süße kleine Spalte.

Diese Spalte beschwichtigt mich. Wenn ich ihn so schlafen sehe, fällt es mir leicht zu glauben, dass ich es gerade mit einer Frau getrieben habe, dass mein Vergnügen nicht ungehörig war. Ich nehme diesen Gedanken mit in den Schlaf.

...

Es stürmte, und das kelong *schaukelte wie ein langer Teppich, der unter jemandem weggezogen wird. Und doch befanden sich der behaarte Seemann und der wunderschöne Junge von ungefähr sechzehn Jahren noch immer auf dem wackeligen Pier aus billigen, zusammengebundenen Ästen, die wie Pflöcke in den Meeresboden gerammt waren.*

Wenn man nahe genug kam, wenn die Wellen und der Donner nicht rollten, konnte man den Jungen mit seiner dünnen und doch vorzüglichen Stimme singen hören. Man konnte sehen, dass der Mann die Enden eines großen Fischernetzes in den Händen hielt, und dass die Fische blind hineinschwammen, als würden sie von einem unsichtbaren Köder angezogen.

Der behaarte Seemann nickte, und der Junge hörte auf zu singen. Er schwang das Netz herum und zog es aus dem Meer. Sie behielten genug für ihre Mahlzeiten ein und verkauften den Rest an die Fischhändler, wenn sie später kamen. Die Fischhändler staunten immer über Umfang und Menge des Fangs. Buntbarsch, Kammbarsch, Kuhbarsch, Schnapper und sogar Hechtmuränen.

Der behaarte Seemann und der Junge hatten ein Boot, aber sie betraten selten die Hauptinsel, nur einmal im Monat, um Trockenwaren zu kaufen, und selbst dann brachten sie oft die Fischhändler dazu, ihnen die Sachen mitzubringen, im Austausch für ein Kätti Fisch.

Das Leben war einfach. Wenn sie nicht fischten, verbrachten sie ihre Zeit damit, am Pier zu sitzen, die Netze auszubessern, aufs Wasser zu schauen. Der Junge hatte langes dunkles Haar, das ihm bis zur Hüfte reichte, und seit er aufgehört hatte, zur Schule zu gehen, erlaubte ihm der behaarte Seemann, dass er es wachsen ließ. Manchmal flocht er kleine Schmuckstücke in das Haar des Jungen.

...

Ich öffne die Augen, und Marl liegt auf der Seite, er trägt wieder sein paillettenbesetztes, tief ausgeschnittenes Kleid und betrachtet mich. Er legt seine Hand auf meine Hüfte. Er hat die Vorhänge zurückgezogen, und draußen ist es dunkel, aber die Dämmerung kündigt sich schwach an.

Marl sagt: Kannst du mich wohin bringen?

Ich folge seinen Anweisungen, wir gelangen zu einem Steg. Ich war noch nie so weit draußen, es muss die südlichste Spitze der Insel sein. Marl nimmt zwei von den zehn Fünfzig-Dollar-Scheinen, die ich ihm gegeben habe, aus seiner Handtasche. Ich warte im Auto auf ihn. Der graue Glanz seiner Haut wird im zunehmenden Tageslicht sichtbar, das blasse Schillern, das sie nachts hatte, wenn sie das künstliche weiße Licht brach, verliert sich.

Ein Mann wartet am Ende des Stegs, seine Umrisse heben sich undeutlich vom Meer in der Dämmerung ab. Zu seinen Füßen steht eine kleine Kühlbox. Marl öffnet sie und späht hinein, überreicht dann das Geld. Er kommt mit der Kühlbox zurück und sagt: Noch woanders hin?

Wir landen vor einem kränklich grün gestrichenen Anwesen mit einem Schild, auf dem steht: Brightcare Seniorenheim für psychisch Erkrankte. Marl öffnet das Tor und lässt uns beide herein, er trägt die Kühlbox in der Hand.

Die Schwestern nicken ihm grimmig zu, lassen das hautenge Kleid, die High Heels, das starke Make-up auf sich wirken. Ein alter Mann im Rollstuhl johlt fröhlich, und Marl zwinkert ihm zu. Es riecht nach Pisse und Bodenreiniger mit Kieferndu ft.

Marl biegt links ab, und wir betreten einen Raum mit sechs älteren Menschen. Eine Frau sitzt streng aufrecht, Speichel läuft ihr über das Kinn, sie murmelt etwas, drei Männer schlafen, einer schnarcht laut. Ein Mann hat Spielkarten auf seinem Bett ausgelegt und kryptisch arrangiert. Er verfolgt misstrauisch meinen Blick, als er die Karten offenlegt. Im letzten Bett liegt ein Mann, der an beiden Handgelenken gefesselt ist. Er ist schrecklich dünn.

Papa, ich bin hier, sagt Marl. Ich hab dir dein Lieblingsessen mitgebracht.

Er will sich auf Marl stürzten, aber dadurch, dass beide Handgelenke gefesselt sind, ist es eine unbeholfene Bewegung, und nur seine vogeldünne Brust schießt nach vorn. Er hat noch immer eine Löwenmähne, sie ist matt und weiß. Löwenkopf.

Marl nimmt ein Paar schwarze Lederhandschuhe aus seiner Handtasche und lässt seine Hände hineingleiten. Einen Moment lang stelle ich mir vor, wie er diesen abgemagerten Mann in seinem Bett erwürgt. Dann öffnet er die Kühlbox.

Darin sind mindestens zwei Dutzend Austern. Marl nimmt ein Austernmesser aus der Tasche, setzt sich auf einen dunkelblauen Plastikstuhl, schlägt die Beine übereinander. Er klappt die Schale auseinander, löst die Auster mit einem kleinen Ploppen heraus. Es ist ein optimistischer, feierlicher Laut, wie beim Entkorken, ein Laut, der den Tod einer Auster ankündigt.

Sein Vater speichelt, wie ein pawlowscher Hund. Außerdem hat er einen Ständer – man kann ihn durch die dünne, hellgrüne Anstaltshose sehen. Marl führt die erste Auster zum wartenden, offen stehenden Mund, und der alte Mann schnappt danach. Marl legt seine behandschuhte Hand unter die Schale, damit sich sein Vater die Unterlippe nicht an den Kanten schneidet.

Es ist das Einzige, was er noch isst, sagt Marl leise, noch leiser, als er die ganze Zeit über gesprochen hat. Das Einzige, das ihn glücklich macht.

Nach einer Weile fängt der alte Mann an zu summen. Absurde, glückliche Laute, in völliger Selbstvergessenheit. Das Murmeln und Schnarchen mischt sich in die merkwürdige Klanglandschaft, vereint sich mit seinem Summen. Der Mann in dem Bett neben ihm legt die letzte Karte offen, Pikbube, und erklärt gleichgültig, aber in sicherem Wissen: *Ich habe einen Ozean verloren.*

Als wäre dies sein Stichwort, steht Marl in seinen acht Zentimeter hohen Absätzen auf und stapelt die leeren Austernschalen auf dem furnierten Nachttisch. Er fummelt in der Kühlbox herum und nimmt eine letzte Auster heraus. Er öffnet sie und hält sie vor mein Gesicht. Ich halte inne, dann beuge ich mich vor, um sie aus seiner Hand zu essen. Meine Zähne streifen leicht die Schale, ich erinnere mich daran, dass ich einen lebendigen, atmenden Organismus auf der Zunge habe. Die Auster schmeckt genau wie er, und ich schlucke sie.

Warum ging Arlene nicht zum Arzt, als sie den Knoten zum ersten Mal bemerkte?

Es war nicht immer so gut, und Arlene lässt nicht zu, dass sie das vergisst. Deshalb ist sie noch nicht zum Arzt gegangen, trotz des wachsenden Knotens zwischen dem Ende ihrer Achsel und dem Anfang ihrer Brust auf der linken Seite. Arlene war zutiefst fatalistisch. Die linke Seite brachte ihrer Meinung nach Unglück, dort geschahen schlechte Dinge.

Nelly ist wieder da, Arlene hört ihren Schlüssel in der Tür, stellt sich vor, wie sie ihre Lederschuhe auszieht und diese kurzen, dünnen hautfarbenen Socken. Es überrascht Arlene jedes Mal, wenn Nelly nach Hause kommt.

Welche Geschichte verbindet Arlene und Nelly?

Drei Phasen über einen Zeitraum von dreißig Jahren.

Die erste:

Als Arlene zehn war, fiel sie in einen Kanal vor dem Schultor. Nelly stand direkt hinter ihr. Beide finden es immer noch seltsam, wie es dazu kam. Arlene beschrieb es so, als wäre sie abgehoben, dann über Kiesel und Matsch gerutscht, nur um sich dann im Kanal wiederzufinden, ihre linke Seite zerschrammt an der Schärfe seines Schlunds. Nelly sagte, es sah so aus, als sei sie absichtlich reingesprungen. Arlene verdrehte dann immer die Augen. Arlene erinnert sich an Nellys Rock, der sich über ihr aufbauschte, als sie an den Seiten des Kanals herunterkletterte, um ihr herauszuhelfen, an ihre weiße Baumwollunterwäsche, an Nellys Pony, der ihr an der Stirn klebte, während sie den Arm ausstreckte, hinter ihr die Nachmittagssonne.

Die Schrammen an Arlenes linkem Arm und ihrer Wade waren gewaltig. In einer Pause kam Nelly zu ihr und fragte: *Kann ich die abpulen?* Die Glocke läutete. Ja, sagte Arlene. Eine Zeit lang war es ein Spiel, und Nelly machte viel Aufhebens um Arlene, mit Papiertaschentüchern, die sie mit der Zunge befeuchtete, sobald es anfing zu bluten. Sie sammelte Arlenes Schorf in der Rinne ihres Schultisches, wo die anderen Mädchen ihre Stifte verstauten. Die Mädchen in der Klasse, die es mitbekamen, wollten es auch versuchen. Nein, sagte Nelly zu ihnen und rollte Arlenes Ärmel hoch, sie gehört mir.

Nachdem Arlenes Wunden geheilt waren, wurde ihre Freundschlaft langweilig. Sie lebten sich schnell auseinander, Nelly suchte die Gesellschaft des einzigen Mädchens in der Klasse, das einen Pager hatte. Arlenes Narben brauchten ein Jahrzehnt, um zu verblassen.

Die zweite:

Mit neunzehn begegneten sich Arlene und Nelly am Lehrerseminar wieder, einen Monat bevor das Trimester begann. Arlene starrte und starrte durch den überfüllten Raum, wo sie auf die medizinische Untersuchung vor der endgültigen Zulassung wartete, aber Nelly schaute nicht einmal in ihre Richtung.

Arlene war von Natur aus schon immer ruhig, aber nachdem sie in winzige Becher gepinkelt, ihre Brüste in Röntgengeräte gepresst und die krankenhausblauen Hemden ausgezogen hatten, ging sie zu Nelly. Sie begrüßte sie nicht, stellte sich ihr nur in den Weg. So blieben sie fast eine ganze Minute stehen, bis Arlene den linken Ärmel hochschob. Als Nelly die lange Narbe sah, fing sie an, heiser zu lachen, und beugte sich vor, um die wiedererkannte Arlene zu umarmen. Arlene legte ihre Arme vorsichtig um Nelly. Nellys Haar war feucht, und ihr Shampoo roch nach Lavendel.

Sie teilten sich ein Zimmer im National Institute of Education. Am Ende ihres zweiten Studienjahrs wurde bekannt, dass sie mehr als Freundinnen waren. Man hatte sie nie in der Öffentlichkeit ihre Zuneigung bekunden sehen, aber die Freundin einer Freundin aus ihrer Klasse hatte die beiden eines Morgens aneinandergeschmiegt im Bett überrascht, als sie Arlenes Tennisschläger zurückbringen wollte. Ihre Einzelbetten, die zum Wohnheim gehörten, hatten sie in der Raummitte zusammengeschoben, und sie schliefen unter einer großen Decke. Die Freundin zog sich leise zurück, ohne das Paar zu wecken, und brachte den Tennisschläger später am Nachmittag vorbei, nachdem sie angeklopft hatte, aber die Entdeckung machte die Runde.

Es gab in jedem Jahrgang auf jedem College dieses eine lesbische Pärchen, aber bei denen gab es immer deutliche Hinweise – eine Butch-Femme-Dynamik, ein entspanntes Händchenhalten in der Öffentlichkeit, eine Neigung zu Piercings oder sehr kurz geschnittenem Haar. Dass Nelly und Arlene zusammen waren, war allerdings eine große Überraschung für ihre Kommilitoninnen, weil sie beide übermäßig konservativ wirkten.

In Wahrheit waren Nelly und Arlene zwar ineinander verliebt, es gab allerdings die Übereinkunft, dass diese Verbindung nur so lange Bestand haben würde, wie sie gemeinsam im College waren. Wobei es Nelly war, die dies immer wieder durchblicken ließ, weswegen Arlene nachts oft wach lag.

Die Studienanfängerinnen kamen ins zweite Jahr, und Arlenes Anspannung trat immer stärker zutage. Sie vergaß nie, dass sich schrittweise der Tag näherte, an dem sie Nelly verlieren würde. In ihrem Abschlussjahr ertappte sie sich dabei, wie sie Freundinnen anblaffte oder bei Fernsehwerbung losheulte.

Die dritte:

Als Arlene die Einladungskarte erhielt, verbrannte sie sie im Ofen. Dann legte sie ihre linke Hand fein säuberlich auf die Asche. Die Blase war so groß, dass kein Pflaster sie abdecken konnte und ihre Hand bandagiert werden musste. Es war fünf Jahre her, sie waren jetzt siebenundzwanzig. Sie stellte sich vor, wie Nelly sich zwischen Lilien und Pfingstrosen entscheiden musste.

Beim Abendessen auf dem Hochzeitsempfang hatte man Arlene ans Ende des Festsaals gesetzt. Alles, was sie von Nelly zu sehen bekam, war eine Frisur am anderen Ende des Saals, strahlende nackte Schultern in einem elfenbeinfarbenen Kleid. Während des Abendessens lief eine Videoprojektion mit netten Fotos von Braut und Bräutigam mit ihren alten Freunden. Es gab keine gemeinsamen Bilder von Arlene und Nelly. Ihre alten Bekannten am Tisch versuchten, mit ihr ins Gespräch zu kommen, aber Arlene blieb still. Gang für Gang räumten die Bedienungen einen unberührten Teller nach dem anderen von Arlenes Platz ab.

Als sich das Abendessen dem Ende neigte, ließ der Conférencier alle aufstehen. Wenn ich Sie bitten darf, es ist Zeit für meinen Lieblingsteil des Abends – *yam seng*. Denken Sie dran, je länger Sie den Ton *yam* halten, desto mehr Glück gibt es für Braut und Bräutigam. Der Conférencier atmete ganz theatralisch tief ein.

Arlene atmete nicht einmal ein, aber sie konnte nicht aufhören, den Ton zu halten.

Yaaaaaaaaaaaaaaaaaaaaaaaaaaaaaaaaaaaaaaaaaaaaaaaaaaaaaa
aaaaaaaaaaaaaaaaaaaaaaaaaaaaaaaaaaaaaaaaaaaaaaaaammmm
mmmmmmmmmmmmmmmmmmmmmmmmmmmmmmmm

mmmmmmmmmmmmmmmmmmmmmmmmmmmmmmmmmmmmmmmmmmmmmmmmmmmmmmmmmmmmmmmmmmmmmmmmmmmmmmmmmmmm

\- sie hatte länger gemacht als alle anderen an ihrem Tisch, als alle im Festsaal, und der Conférencier, der schon ein wenig blau angelaufen war, weil er versucht hatte, bei ihr mitzuhalten, hustete ein wenig.

Alle hatten sich zu ihr hin gedreht, sie klang, als würde sie vor Schmerz schreien. Endlich hatte sie keinen Atem mehr und brach ab, fühlte sich, als stünden Hals und Herz in Flammen. Sie wandte sich Nelly zu, und zum ersten Mal an diesem Abend sah Nelly sie direkt an, ihr Gesicht unter dem ganzen Make-up war undurchschaubar. Der Conférencier bekam endlich wieder Luft, er hob die Hand, als wollte er ein Orchester dirigieren, versuchte, die Gäste dazu zu bringen, den Toast zu vollenden –

Seng!

Arlene entschuldigte sich bei ihren Tischnachbarn, wo Pfirsichcremetorte serviert wurde. Sie schlug sich zur Toilette durch und schloss sich ein.

Es klopfte an der Toilettentür. Sie öffnete. Nelly trat umständlich mit ihrem voluminösen Kleid ein und verriegelte hinter sich die Tür.

Warum hast du mich überhaupt eingeladen?

Aber das musste ich doch!

Warum hast du mich überhaupt eingeladen!

Weil ich gehofft habe, du würdest dich über mein Glück freuen.

Und was ist mit meinem Glück?

Darum musst du dich selbst kümmern.

Liebst du ihn?

Hör auf zu reden wie in einem Film.

Liebst du ihn!

Ja!

Nelly, ich lasse dich jetzt gehen. Aber wenn ich dich jemals wiedersehe – bringe ich dich um.

Wie kamen sie dann doch noch zusammen?

Es geschah im Sheng Siong, dem billigsten Supermarkt vor Ort, weshalb sie sich alt fühlten – vierzehn Jahre hatten sie sich nicht gesehen, jetzt waren sie einundvierzig – und unglamourös. Arlene befand sich außerhalb ihres Wohngebiets, sie hatte ihre Eltern auf deren Wunsch über die halbe Insel zu einem angeblich Glück verheißenden Tempel gefahren. Im Tempel hatte sie die beiden sich selbst überlassen und war zum Supermarkt im benachbarten Einkaufszentrum gegangen, um sich eine Flasche Wasser zu kaufen. Ihre Eltern hatten nicht erwähnt, dass sie für zwei Dinge beten würden: die sichere Reise eines Onkels, der nach Xiamen gefahren war, um entfernte Verwandte zu besuchen, und dass Arlene nicht als alte Jungfer enden würde.

Nelly stand auf Zehenspitzen vor dem Gewürzregal und versuchte, eine Dose mit Sardinen zu erreichen.

Arlene sah sie von hinten, und obwohl vierzehn Jahre vergangen waren, wusste sie sofort, dass es Nelly war. Ihr blieb der Atem stehen. Nelly hatte an den Hüften und Oberschenkeln etwas zugelegt, und ihr Haar hatte graue Strähnen. Sie trug Jogginghosen und ein T-Shirt.

Arlene stellte sich hinter Nelly, wie in einem Traum, und griff nach den Sardinen.

Weißt du noch, wie wir die mitten in der Nacht mit Brot gegessen haben?

Nelly drehte sich um. Irgendwie zeigte sie sich nicht überrascht. Sie sagte: Arlene.

Danach hast du dir nie die Zähne geputzt, und morgens roch dein Atem ganz furchtbar.

Arlene hob die Sardinendose hoch und knallte sie fest auf Nellys rechte Wange, zweimal rasch hintereinander. Nelly schrie auf, als das Metall auf den Knochen traf. Einkaufende blieben stehen und starrten herüber, die Einkaufswagen im Schlepptau. Arlene hob erneut ihre Hand.

Arlene, sagte Nelly und hielt die Hand auf die Wange, die in leuchtendem Lila anschwoll. Arlene, ich habe ihn verlassen.

Warum hat Nelly ihren Ehemann verlassen?

Arlene fragte Nelly niemals danach. Nelly fand das zunächst sehr anständig von Arlene, aber mit der Zeit wurde ihr klar, dass sie nur deshalb nicht fragte, weil Arlene hoffte, dass sie der Grund gewesen war.

Nelly verließ ihren Ehemann, weil er fremdgegangen war, schlicht und einfach. Nelly wusste, dass dieser Grund für Arlene nie gut genug sein würde, und sie fürchtete den Tag, an dem Arlene fragen würde, aber wie sich herausstellte, tat sie es nie.

Hatte Arlene in der (vierzehnjährigen) Zwischenzeit andere Geliebte?

Nein.

Es gab ein paar Männer, die eine Zeit lang hinter Arlene her waren, aber ihre beständige Zurückweisung ließ sie irgendwann aufgeben. Sie war unscheinbar, wenngleich nicht unattraktiv, spielte ihr Aussehen aber herunter.

Sie trug einen langweiligen Kurzhaarschnitt, der weder weiblich noch männlich war, sondern nur praktisch. Sie mied Make-up und trug grundsätzlich neutrale Blusen und Oberteile, die sie ordentlich in dunkle Hosen steckte, dazu praktisches Schuhwerk.

Nach nur drei Jahren bekam sie gar keine Angebote mehr. Als Lehrerin war es leicht, den immer gleichen Gewohnheiten zu folgen, und die einzigen Menschen, die sie neu kennenlernte, waren ihre Schüler.

Sie dachte darüber nach, sich ein Haustier anzuschaffen, aber sie konnte sich nur schwer vorstellen, eine Bindung zu einem Lebewesen aufzubauen. Schließlich brachte sie sich selbst aus Büchern das Malen bei. Anfangs war sie schrecklich, aber sie blieb dran, weil sie wusste, dass sie etwas brauchte, irgendwas, um sich daran festzuhalten, um in etwas zu investieren. Nach ein oder zwei Jahren ging sie recht geschickt mit Wasserfarben um.

Was malte Arlene?

Arlene malte Frauen ohne Gesichter. Also, sie malte Frauen, die von ihr wegsahen, deren Haare das Gesicht verdeckten, die sich so weit zurücklehnten, dass ihre Gesichtszüge nie sichtbar waren, deren Profil im Schatten lag etc. Es gab immer eine Ausrede.

Nach außen hin redete sie sich ein, dass sie einfach ums Verrecken keine Gesichter malen konnte – zu viele Details, sie konnte sich nicht vorstellen, Augen, Nasen, Lippen wiederzugeben. Die Körperformen beruhigten sie. Es war nicht schwer, sie zu vollenden, und es war ziemlich erotisch, letzte Hand bei Brüsten und Schenkeln anzulegen, zu sehen, wie das Licht auf die Bilder und Zeichnungen fiel, die sie als Vorlagen nahm.

Innerlich wusste sie: Würde sie je versuchen, ein Gesicht zu malen, käme Nelly dabei heraus, und sie konnte es nicht ertragen, Nelly jemals wiederzusehen.

Hatte Arlene in der Zwischenzeit Sex?

Nein, aber sie hatte sich bei einem virtuellen privaten Netzwerk angemeldet und streamte haufenweise schwedische Indie-Pornos.

Immer wenn sie masturbierte, fühlte sie sich schuldig. Nicht weil sie prüde war, aber Arlene fühlte sich zu absoluter Keuschheit verpflichtet. Sie glaubte nicht daran, dass Nelly eines Tages zu ihr zurückkehren würde. Arlene wollte lediglich an der Sicherheit festhalten, dass sie den einen Menschen getroffen hatte, dem sie sich in ihrem Leben hingeben wollte. Dieser Mensch war gegangen, aber für Arlene war das kein Grund, deshalb die emotionale und physische Vollkommenheit dieser Sicherheit zu gefährden. Sie gestand sich nicht einmal eine Katze zu. Arlene hegte und pflegte voller Sorgfalt den Altar für Nelly, den sie in ihrem Herzen trug, mit der Hingabe der vollkommen Gläubigen, die keine Erfüllung ihrer Gebete mehr verlangen.

Wie lange dauerte es, bis sich Arlenes Zustand verschlechterte?

Es dauerte sieben Monate, bis sie es nicht mehr verstecken konnte.

Während dieser sieben Monate legte Arlene größten Wert darauf, jedes letzte Detail von Nelly abzuspeichern. Der Pigmentfleck auf dem linken Wangenknochen, über den Nelly sich so ärgerte, der aber wirklich kaum mehr als eine Sommersprosse war. Die unterschiedlichen Tonlagen ihres Niesens, je nachdem, ob es tief aus ihren Nebenhöhlen kam oder etwas Harmloseres war.

Ganz nebenbei fragte sie Nelly nach *ihrer* Liste von Dingen, die sie vor ihrem Tod abgehakt haben wollte, und die war praktischerweise kurz. Nelly war schon immer eine entschlossene Frau. Sie lachte, als Arlene mit Stift und Papier zu ihr kam. Sie streichelte Arlenes Nacken: Hast du Angst davor, dass wir älter werden? Wir sind erst zweiundfünfzig. Ich will mit dir leben, bis ich hundertzehn bin. Wir haben noch ein ganzes Leben vor uns.

Sie taten, was sie in diesen Monaten tun konnten – einiges war ziemlich einfach: ein tätowierter Kranich, senkrecht zu Nellys Wirbelsäule, eine jugendliche Verrücktheit, die sie nie umgesetzt hatte; einen Monat lang nur vegane Rohkost; Nelly, die als Venus von Urbino auf dem Wohnzimmerboden posierte, während Arlene sie malte, sie zitterte, als sie die Feinheiten von Nellys Gesicht zeichnete.

Die Reise zu den Galapagosinseln – zwei Wochen, mehr konnten sie sich vernünftigerweise während der Juniferien nicht leisten –, Nelly kreischte vor Vergnügen, als ein Galapagosalbatros sie am Knöchel zwickte. Sie rannte zu Arlene, die schon vorgegangen war und ein paar der berühmten Riesenschildkröten gesichtet hatte. Sie konnten als Frauen ohne Angst Hand in Hand durch Ecuador gehen. Dies war ein wichtiger Teil der Reise: an einen Ort zu fahren, der weit genug weg war, wo es für sie *sicher* war, so zu sein, wie sie waren. Hier konnten sie sich auf dem Kopfsteinpflaster, an der Küste auf die Wangen küssen, und nur Leguane und Spottdrosseln sahen zu. Die Tage und Nächte im Hotel schienen endlos. Sie ließen die Tour zur Insel Wolf am letzten Tag ihres Aufenthalts ausfallen, um – ganz allein – im Hotel zu bleiben. Während die anderen Touristen ihre Kameras auf Seelöwen und Vampirfinken ausrichteten, liebten sich Arlene und Nelly am heißen Nachmittag, schwammen am tiefen Ende des nierenförmigen Hotelpools, ließen die Hände unter nasses Elastan gleiten.

Ging es Arlene irgendwann besser?

Nelly fuhr im Krankenwagen mit, aber als sie in die Notaufnahme kamen, fragte die Krankenschwester, ob sie eine Verwandte war, und Nelly sagte langsam: Nein. *In welcher Beziehung stehen sie zueinander?* Wir, wir sind Freunde. *Tut mir leid, Ma'am, dann müssen Sie draußen warten.* Nellys

Fäuste glichen in Farbe und Form ihrem wild schlagenden Herzen. Sie ballte und öffnete sie, *bumm wumm bumm wumm.* Die Aufnahmeschwester bat sie, ein Formular mit Arlenes Daten auszufüllen. Sie setzte sich auf einen der blauen Plastikstühle. Die Aufnahmeschwester nahm das Telefon und rief Arlenes nächste Verwandten an.

Sie hatten so viel Zeit ihres Lebens damit verbracht, ihren gegenseitigen Familien aus dem Weg zu gehen, dass es schwer war, mit ihnen im selben Raum zu sein.

Es war nie ganz klar gewesen, ob ihre chinesisch erzogenen Eltern, beide Paare waren mittlerweile in ihren Siebzigern, die Beziehung zwischen Arlene und Nelly verstanden. Mitbewohnerinnen und Kindheitsfreundinnen, sagten sie immer. Arlenes Schwester, die sieben Jahre jünger war, hatte brav mit Mitte zwanzig geheiratet und den Druck von Arlene genommen, indem sie Zwillinge bekommen hatte. Das Gesicht der alten Frau war zerknittert, der alte Mann hatte einen zitternden Arm um sie gelegt. Niemand sprach mit Nelly. Sie entschuldigte sich und ging auf die Toilette, wo sie den Deckel herunterklappte, sich draufsetzte und die Augen mit Toilettenpapier trockenwischte.

Als sie zurückkam, sah sie das schmerzvolle Durcheinander vor dem Operationssaal. Arlenes Mutter klammerte sich Halt suchend an ihren Ehemann. Aus der Ferne sah sie, wie der Arzt den Kopf schüttelte; Arlenes Mutter brach zusammen. Nellys Beine gaben nach, als sie sich zu ihnen gesellte, ihre Bewegungen liefen mechanisch ab. Der Arzt im Operationskittel erklärte Arlenes Familie den letalen Zustand und die Schwierigkeiten, die bei der Operation auftraten.

Ich will sie sehen, sagte Nelly tonlos, durchstieß das Schluchzen von Arlenes Mutter und die medizinischen Erklärungen des Arztes. Sie wandten sich ihr in stummer

Überraschung zu. Arlenes Schwester war die Erste, die sich wieder fing, sie blaffte: Warum wusstest du denn nicht, dass etwas mit ihr nicht stimmte? Du siehst sie jeden Tag! Der Arzt hob die Hände, wie um zu sagen: Ich bin hier fertig. Er zog seinen Kittel aus und bedeutete einer Schwester zu übernehmen.

Gab es einen bestimmten Moment, in dem Nelly tatsächlich hätte merken müssen, dass etwas nicht stimmte?

Bevor sie in den nierenförmigen Pool auf den Galapagosinseln sprangen, lagen sie auf Liegestühlen und saugten die karibische Sonne auf. Ausnahmsweise schmierte Nelly einmal nicht wie verrückt Sonnenschutz auf ihren Pigmentfleck oder richtete ihren Mützenschirm aus, um einen Großteil ihres Gesichts zu bedecken. Sie waren träge, und sie lachten, als Arlene sagte: *Ich könnte hier auf der Stelle glücklich sterben.* Nelly sah Arlene an und sagte: Ich wünschte, wir müssten hier nie mehr weg.

Was, wenn wir hierbleiben?

Das kann nicht dein Ernst sein.

Aber was, wenn?

Wir bräuchten Jobs.

Wir könnten Englisch unterrichten. Oder I-Love-Boobies-*T-Shirts auf der Avenue Charles Darwin verkaufen.*

Wahrscheinlich sind der Papierkram und die Genehmigungen total kompliziert.

Ja, aber ich war noch nie glücklicher.

Ich auch nicht, sagte Nelly, und dann spritzte sie mit dem Fuß Wasser auf Arlene. Arlene beugte sich herüber und kitzelte Nelly, bis sie nicht mehr atmen konnte, sie keuchten beide vor Lachen, und dann sprangen sie in den Pool.

Als Nelly daran zurückdachte, wusste sie, dass sie keinen Grund hatte, sich schuldig zu fühlen. Solche Dinge sagen

Menschen in den Ferien. Was sie allerdings bedauerte, war, dass sie Arlene nie nach *ihrer* Liste mit Dingen, die sie vor ihrem Tod tun wollte, gefragt hatte, an dem Abend zu Hause auf der Couch.

Die entsprechende Wahrheit war allerdings, dass Arlene auf die Frage geantwortet hätte, dass ihre – Nellys – Liste auch ihre – Arlenes – Liste sei. Was bedeutet, dass Arlene am glücklichsten war, wenn sie Nellys Wünsche erfüllen konnte. Arlene war dann am glücklichsten, wenn Nelly glücklich war.

Was geschah nach Arlenes Tod?

Es dauerte ein halbes Jahr.

Bis?

Bis Nelly wieder mit ihrem Exmann zusammenkam. Es fing unbestimmt und leicht an, mit der Seelenruhe von E-Mails, die übergingen in die natürliche Folge, sich bei einem Kaffee auf den neuesten Stand zu bringen, sobald sie sich gegenseitig versichert hatten, dass sie nicht mehr mit den mutmaßlichen vorherigen Liebhabern zusammen waren, aus welchen Gründen auch immer, Details, um die sie sich einvernehmlich und umfassend drückten. Es waren siebeneinhalb Jahre gewesen. Es war leicht, die Dinge fahren zu lassen, reizlosen, wenngleich kompromisslosen Trost in dieser alten, entzauberten Vertrautheit zu finden. Nelly war dreiundfünfzig, und ihr Ehemann war fünfundfünfzig, keiner der beiden gab sich der Illusion hin, sie hätten auf lange Sicht bessere Optionen. Keiner der beiden sprach über den Ozean der siebeneinhalb Jahre – Nelly blieb stumm, was Arlene betraf, und ihr Exmann erwähnte nicht einmal den Namen seiner früheren Geliebten. Sie betrachteten einander gelassen von den jeweiligen Enden des unüberwindbaren Ozeans. Sie heirateten wieder, diesmal standesamtlich und ruhig, und lebten kinderlos und friedlich bis ans Ende ihrer Tage.

Warum würde man dies Die Ballade von Arlene & Nelly nennen?

Man würde es für Arlene tun.

Für Arlene?

Die Tode – winzige, falsche, echte – die wir im Namen der Liebe sterben, sind das, was uns wahrer Größe am nächsten bringt.

ÜBER DIE AUTORIN

Amanda Lee Koe lebt in Singapur und New York. Sie arbeitet als Herausgeberin ihres eigenen Literaturjournals *Ceriph*, für das Designstudio StudioKelaido sowie als Literaturredakteurin für den *Esquire*. 2013 war sie Honorary Fellow des Iowa International Writing Program.

Die im gleichen Jahr erschienene Kurzgeschichtensammlung »Ministerium für öffentliche Erregung« (Original: »Ministry of Moral Panic«) erhielt 2014 den Singapore Literature Prize for English Fiction, 2016 den Singapore Book Award for Best Fiction, stand auf der Longlist für den Frank O'Connor International Short Story Award 2014 und wurde unter die zehn besten englischen Bücher Singapurs der letzten fünfzig Jahre gewählt.

Texte von Amanda Lee Koe sind in Magazinen in Hongkong, den USA und Deutschland erschienen.

Amanda Lee Koe schreibt über Außenseiter und Querköpfe, über verlorene Individuen, die sich durch eine in Schieflage geratene Welt bewegen. Zeitgemäß, einfallsreich, atemberaubend. Mit einer faszinierenden, vollkommen eigenständigen Stimme erzählt Koe von Leidenschaften, Abhängigkeiten, Identität, Sex und (verlorener) Liebe.

»Diese umwerfende Kurzgeschichtensammlung ist formal ebenso bahnbrechend wie zutiefst menschlich, mitfühlend und erkenntnisreich.«

Huzir Sulaiman, Theaterautor